致母亲

梁晓声 著

江苏凤凰文艺出版社
JIANGSU PHOENIX LITERATURE AND
ART PUBLISHING

只 为 优 质 阅 读

好
读
Goodreads

目 录
Contents

母亲

　　淫雨在户外哭泣，瘦叶在窗前瑟缩。这一个孤独的日子，我想念我的母亲。有三只眼睛隔窗瞅我，都是那杨树的眼睛。愣愣地、呆呆地瞅我，我觉得那是一种凝视。

　　我多想像一个山东汉子，当面叫母亲一声"娘"。

　　"娘，你做啥不吃饭？"

　　"娘，你咋地又不舒坦？"

　　荣城地区一个靠海边的小小村庄的山东汉子们，该是这样跟他们的老母亲说话的吗？我常遗憾那儿对于我只不过是"籍贯"，如同一个人的影子当然是应该有而没有其实也没什么。我无法感知父亲对那个小小村庄深厚的感情。因为我出生在哈尔滨市，长大在哈尔滨市，遇到北方人我才认为是遇到了家乡人。我大概是历史上最年轻的"闯关东"者的后代——当年在一批批被灾荒从胶东大地向北方驱赶的移民中，有个年仅十四岁的孑然一身、衣衫褴褛的少年，后来他成了我的父亲。

"你一定要回咱家去一遭！那可是你的根土！"

父亲每每严肃地对我说，"咱"说成"砸"，我听出了很自豪的意味儿。

我不知我该不该也感到同样的自豪，因为据我所知，那里并没有什么值得自豪的名山和古迹，也不曾出过一位什么差不多可以算作名人的人。然而我还是极想去一次，因为它靠海。

可母亲的老家又在哪里呢？靠近什么呢？

母亲从来也没对我说过希望我或者希望她自己能回一次她的老家的话。

母亲是吉林人吗？我不敢断定。仿佛是的。母亲是出生在一个叫"孟家岗"的地方吗？好像是，又好像不是。也许母亲出生在佳木斯市附近的一个地方吧？父亲和母亲当年共同生活过的一个地方？

我很小的时候，母亲常一边做针线活，一边讲她的往事——兄弟姐妹众多，七个，或者八个。有一年农村闹天花，只活下来三个——母亲、大舅和老舅。

"都以为你大舅活不成了，可他活过来了。他睁开眼，左瞧瞧，右瞧瞧，见我在他身边，就问：'姐，小石头呢？小石头呢？'我告诉他：'小石头死啦！''三丫呢？三丫呢？三丫也死了吗？'我又告诉他：'三丫也死啦！二妹也死啦！憨子也死啦！'他就哇哇大哭，哭得闭过气去……"

母亲讲时，眼泪扑簌簌地落。落在手背上，落在衣襟上，也不拭，也不抬头。一针一针，一线一线，缝补我的或弟弟妹妹们的破衣服。

"第二年又闹胡子，你姥爷把骡子牵走藏了起来，被胡子们吊在树上，麻绳蘸水抽……你姥爷死也不说出骡子在哪儿。你姥姥把我和你大舅一块儿堆搂在怀里，用手紧捂住我们的嘴，躲在一口干井里，听你姥爷被折磨得呼天喊地。你姥姥不敢爬上干井去说骡子在哪儿，胡子见女人没有放过的。后来胡子烧了我们家，骡子保住了，你姥爷死了……"

与其说母亲是在讲给我们几个孩子听，莫如说是在自言自语，更是一种回忆的特殊方式。

这些烙在我头脑里的记忆碎片，就是我对母亲的身世的全部了解。加上"孟家岗"那个不明确的地方。

我的母亲在她没有成为母亲之前拴在贫困生活中多灾多难的命运就是如此。

后来她的命运与父亲拴在一起仍是和贫困拴在一起。

后来她成了我们的母亲又将我和我的兄弟妹妹拴在了贫困上。

我们扯着母亲褪色的衣襟长大成人。在贫困中她尽了一位母亲最大的责任……

我对人的同情心最初正是以对母亲的同情形成的。我不抱怨我扒过树皮、捡过煤核的童年和少年，因为我曾这样分担着贫困对母亲的压迫，并且生活亦给予了我厚重的馈赠——它教导我尊敬母亲以及一切以坚忍捧抱住艰辛的生活、绝不因茹苦而撒手的女人……

在这一个淫雨潇潇的孤独的日子，我想念我的母亲。

隔窗有杨树的眼睛愣愣地、呆呆地瞅我……

那一年，我的家被"围困"在城市里的"孤岛"上——四周全是两米深的地基壑壕、拆迁废墟和建筑备料。几乎一条街的住户都搬走了，唯独我家还无处可搬。因为我家租住的是私人房产——房东欲趁机向建筑部门讨要一大笔钱，而建筑部门认为那是无理取闹。结果直接受害的是我家。正如我在小说《黑纽扣》中写的那样，我们一家成了城市中的"鲁滨孙"。

小姨回到农村去了，在那座二百余万人口的城市，除了我们的母亲，我们再无亲人。而母亲的亲人即她的几个小儿女。母亲为了微薄的工资在铁路工厂做临时工，出卖一个底层女人的廉价体力。翻砂——那是男人们干的很累很危险的重活。临时工谈不上什么劳动保护，全凭自己在劳动中格外当心。稍有不慎，便会被铁水烫伤或被铸件砸伤压伤。母亲几乎没有哪一天不带着轻伤回家的。母亲的衣服被迸溅的铁水烧出一片片的洞。

母亲上班的地方离家很远，没有就近的公共汽车可乘。即便有，母亲也必舍不得花五分钱或一毛钱乘车。母亲每天回到家里的时间，总在七点半左右。吃过晚饭，往往九点来钟了。我们上床睡，母亲则坐在床角，将仅仅二十支光的灯泡吊在头顶，凑着昏暗的灯光为我们补缀衣裤。当年城市里强行节电，居民不允许用超过四十支光的灯泡。而对于我们家来说，节电却是自愿的，因那同时也意味着节省电费。然而代价亦是惨重的。母亲的双眼就是在那些年里熬坏的，至今视力很差。有时我醒夜，仍见灯亮着，仍见母亲在一针一针、一线一线地缝补，仿佛就是一台自动操作而又不发声响的缝纫机。或见灯虽亮着，而母亲肩靠着墙，头垂于胸，补物在手，就那么睡了。有多少夜，母亲就是那么睡了一夜。清晨，在我们横七竖八陈列一床酣然梦中的时候，母亲已不吃早饭，带上半饭盒生高粱米或生大饼子，悄无声息地离开家，迎着风或者冒着雨，像一个习惯了独来独往的孤单旅人似的，"翻山越岭"，跋涉出连条小路都没给留的"围困"地带去上班。还有不少日子，母亲加班，我们一连几天甚至十天半个月也见不着母亲的面儿。只知母亲昨夜是回来了，今晨又刚走了，要不灯怎么挪地方了呢？要不锅内的高粱米粥又是谁替我们煮上的呢？

才三岁多的小妹她想妈，哭闹着要妈。她以为妈没了，永远再也见不到妈了。我就安慰她，向她保证晚上准能见到妈。为了履行我的诺言，我与困盹抵抗，坚持不睡。至夜，母亲方归，精疲力竭，一心只想立刻放倒身体的样子。

我告诉母亲小妹想她。

"嗯，嗯……"母亲倦得闭着眼睛脱衣服，一边说，"我知道，知道的。别跟妈妈说话了，妈困死了……"

话没说完搂着小妹便睡了。

第二天，小妹醒来又哭闹着要妈。

我说："妈妈是搂着你睡的！不信？你看这是什么？"

枕上深深的头印中，安歇着几茎母亲灰白的落发。

我用两根手指捏起来给小妹看："这不是妈妈的头发吗？除了妈妈的头发，咱家谁的头发这么长？"

小妹用两根手指将母亲的落发从我手中捏过去，神态异样地细瞧，接着放在母亲留于枕上的深深的被汗渍所染的头印中，趴在枕旁，守着。好似守着的是母亲……

最堪怜是中秋、国庆、新年、春节前夕的母亲。母亲每日只能睡上两三小时。五个孩子都要新衣裳穿。没有，也没钱买。母亲便夜夜地洗、缝、补、浆。若是冬季里，洗了，上半夜搭到外边去冻着，下半夜取回屋里，烘烤在烟筒上。母亲不敢睡，怕焦了着了。母亲是个刚强的女人，她希望我们在普天同庆的节日，即使穿不上件新衣服，也要从里到外穿得干干净净，尽管是打了补丁的衣服……

她还想方设法美化我们的家。家像地窖，像窝，像土丘之间的窝。土地，四壁落土，顶棚落土。它使不论多么神通广大的女人为它而做的种种努力，都在几天内变成徒劳。

母亲却常说："蜜蜂、蚂蚁还知道清理窝呢，何况人！"

母亲即使拼尽她那残余的一点精力，也非要使我们的家在短短几天的节日里多少有点家样不可。

"说不定会有什么人来！"

母亲心怀这等美好的愿望，颇喜悦地劳碌着。

然而没有个谁来。

没有个谁来母亲也并不觉得扫兴和失望。

生活没能将母亲变成懊丧的怨天怨地的女人。

母亲分明是用她的心锲而不舍地衔着一个乐观。那乐观究竟根源于什么？当年的我无从知道，如今的我似乎知道了，从母亲默默地望着我们时目光中那含蓄的欣慰。她生育了我们，她就要把我们抚养成人。她从未怀疑她不能够。母亲那乐观在当年所倚仗的也许正是这样的信念吧？唯一的始终不渝的信念。

我们依赖于母亲而活着，像蒜苗之依赖于一棵蒜。当我们到了被别人估价的时候，母亲她已被我们吸收空了。没有财富和书本知识，母亲是位一无所有的母亲。她奉献的是满腔满怀恒温不冷的心血供我们吮咂！

母亲呵，娘！我的老妈妈！我无法宽恕我当年竟是那么不知心疼您、体恤您。

是的，我当年竟是那么不知心疼和体恤母亲。我以为母亲就应该是那样任劳任怨的。我以为母亲天生就是那样一个劳碌不停而又不觉得累的女人。我以为母亲是累不垮的。其实母亲累垮过多次。在夜深人静的时候，在我们做梦的时候，几回母亲瘫软在床上，暗暗恐惧于死神找到她的头上了。但第二天她总会连她自己也不可思议地挣扎了起来，又去上班……

她常对我们说："妈不会累垮，这是你们的福分。"

我们不觉什么福分，却相信母亲累不垮。

在北大荒，我吃过大马哈鱼，肉呈粉红色，肥厚，香。乌苏里江或黑龙江的当地人，习惯将大马哈鱼肉包饺子，视之为待客的佳肴。

前不久我从电视中看到大马哈鱼：母鱼产子，小鱼孵出。想不到它们竟是靠噬食它们的母亲而长大的。母鱼痛楚地翻滚着，扭动着，瞪大它的眼睛，张开它的嘴和它的鳃，搅得水中一片红，却并不逃去，直至奄奄一息，直至狼藉成骸……

我的心当时受到了极强烈的刺激。

我瞬间联想到长大成人的我自己和我们的母亲。

联想到我们这九百六十万平方公里土地上一切曾在贫困之中和仍在贫困之中坚忍顽强地抚养子女的母亲们。她们一无所有。她们平凡，普通，默默无闻，最出色的品德可能就是坚忍。除了她们自己的坚忍，她们无可傍靠。然而她们也许是最对得起她们儿女的母亲！因为她们奉献的是她们自己。那种类乎本能的奉献真令我心酸。而在她们的生命之后不乏好儿女，这是人类最最持久的美好啊！

我又联想到另一件事：小时候母亲曾买了十几个鸡蛋，叮嘱我们千万不要碰碎，说那是用来孵小鸡的。小鸡长大了，若有几只母鸡，就能经常吃到鸡蛋了。母亲满怀信心，双手一闲着，就拿起一个鸡蛋，握着，捂着，轻轻摩挲着。我不信那样鸡蛋里就会产生一个生命。有天母亲拿着一个鸡蛋，走到灯前，将鸡蛋贴近了灯对我说："孩子，你看！鸡蛋里不是有东西在动吗？"

我看到了，半透明的鸡蛋中，隐隐地确实有什么在动。

母亲那只手也变成了红色的。

那是血色呀！

血仿佛要从母亲的指缝间滴淌下来……

"妈妈，快扔掉！"

我扑向母亲，夺下了那个蛋，摔碎在地上——蛋液里，一个不成形的、丑陋的生命在蠕动。我用脚去踩、踏，不是宣泄残忍，而是源自恐惧。我觉得那不成形的、丑陋的一个生命，必是由于通过母亲的双手饱吸了母亲的血才变出来的！我抬头望母亲，母亲脸色那么苍白。我内心里更加充满了恐惧，更加相信我想的是对的。我不要母亲的心血被吸干！不管是那一个被踩死踏死了的无形的、丑陋的生命，还是万恶的贫困！因为我太知道了，倘我们富有，即使生活在腐酸的棺材里，也会有人高兴来做客，无论是节日还是寻常的日子，并且随身带来种种礼物……

"不，不！"我哭了。

我嚷："我不吃鸡蛋了！不吃了！妈妈，我怕……"

母亲怒道："你这孩子真作孽！你害死了一条小性命！你怕什么？"

我说："妈妈，我是怕你死……它吸你的血！……"

母亲低头瞧着我，怔了一刻，默默地把我搂在怀里，搂得很紧……

小鸡终于全孵出来了，一个个黄绒似的，活泼可爱。它们渐渐长大，其中有三只母鸡。以后每隔几日，我们便可吃到鸡蛋了。但我在很长一段时间内不敢吃，对那些鸡我却有着一种特殊的情感，视它们为通人性的东西，觉得和它们有着一种血缘般的关系……

连续三年的困难时期使我们的共和国也处在同样的艰难时期。国营商店只卖一种肉——"人造肉"，淘米泔水经过沉淀之后做的。粮食是珍品，淘米泔水自然有限。"人造肉"每户每月只能按购货本买到一斤。后来加工"人造肉"收集不到足够生产的淘米泔水，"人造肉"便也难以买到了。用如今的话说，是"抢手货"，想买到得走后门儿。

中央人民广播电台在《为人民服务》节目中，热情宣传河沟里的一层什么绿也是可以吃的，那叫"小球藻"，且含有丰富的这个素或那个素，营养价值极高……

母亲下班更晚了，但每天带回一兜半兜榆钱儿。我惊奇于母亲居然能爬到树上去撸榆钱儿，那是她爬上厂里一些高高的大榆树撸的。

"有'洋拉子'吗？"

我们洗时，母亲总要这么问一句。

我们每次都发现有。

我们每次都回答说没有。

我们知道母亲像许多女人一样，并不胆小，却极怕树上的"洋拉子"那类毛虫。

榆钱儿当年对我们来说是佳果。我们只想到母亲可别由于害怕"洋拉子"就不敢给我们再撸榆钱儿了。

如果月初，家中有粮，母亲就在榆钱儿中拌点豆面，和了盐，蒸给我们吃。好吃。如果没有豆面，母亲就做榆钱儿汤给我们喝。不但放盐，还放油。好喝。

有天母亲被工友换了回来——母亲在树上撸榆钱儿时，忽见自己遍身爬满"洋拉子"，惊掉下来……

我对母亲说："妈，以后我跟你到厂里去吧。我比你能爬树，我不怕'洋拉子'……"

母亲抚摩着我的头说："儿啊，厂里不许小孩进。"

第二天，我还是执拗地跟着母亲去上班了。无论母亲说什么，把门的始终摇头，坚决不许我进厂。

我只好站在厂门外，眼睁睁地瞧着母亲一人往厂里走。我不肯回家，我想母亲是绝不会将我丢在厂外的。不一会儿，我听到母亲在低声叫我。见母亲已在高墙外了，向我招手。我趁把门的不注意，沿墙溜过去，母亲赶紧扯着我的手跑，好大的厂，好高的墙。跑了一阵，跑至一个墙洞口，工厂从那里向外排污水。一会儿排一阵，一会儿排一阵。在间隔的当儿，我和母亲先后钻入厂里。面前榆林乍现，喜得我眉开眼笑。心内不禁就产生了一种自私的占有欲——要是我家的树多好！那我就首先把那个墙洞堵上，再养两条看林子的狗。当然应该是凶猛的狼狗！

母亲嘱咐我："别乱走。被人盘问就讲是你自己从那个洞钻进来的。千万别讲出妈妈。要不妈妈该挨批评了！走时，可还要钻那个洞！"母亲说完，便匆匆离开了。

我撸了满满一粮袋榆钱儿，从那个洞钻出去，扛在肩上，心里乐滋滋地往家走。不时从粮袋中抓一把榆钱儿，边走边吃。

结果我身后随了一些和我年龄差不多的孩子，馋涎欲滴在瞅着我咀嚼的嘴。

"给点儿！"

"给点儿吧！"

"不给，告诉我们在哪儿的树上撸的也行！"

我不吭声，快快地走。

"再不给就抢了啊！"我跑。

"抢！"

"不抢白不抢！"

他们追上我，推倒我，抢……

我从地上爬起时，"强盗"们已四处逃散，连粮袋儿也抢去了。

我怔怔地站着，地上一片踏烂的绿。

我怀着愤恨走了。回头看，一个老妪蹲在那儿捡……

母亲下班后，我向母亲哭述自己的遭遇，凄凄惨惨戚戚。母亲听得认真。凡此种种，母亲总先默默听，不打断我们的话，耐心而怜悯的样子。直至她的儿女们觉得没什么补充的了，母亲才平静地做出她的结论。

母亲淡淡地说："怨你。你该分给他们些啊。你撸了一袋子呀！都是孩子，都挨饿。那么小气，他们还不抢你吗？往后记住，再碰到这种事儿，惹人家动手抢之前，先就主动给，主动分。别人对你满意，你自己也不吃亏……"

母亲往往像一位大法官，或者调解员，安抚着劝慰着小小的我们缓解与社会的血气方刚的冲突，从不长篇大论一套套地训导。往往三言两语，说得明明白白，是非曲直，尽在谆谆之中，并且表现出仿佛绝对公正的样子，希望我们接受她的逻辑。

我们接受了，母亲便高兴，夸我们是好孩子。

而母亲的逻辑是善良的逻辑，包含有一个似无争亦似无奈的"忍"字。

为使母亲高兴，我们也唯有点头而已。

可能自幼忍得太多了吧，后来于我的性格中，遗憾地生出了不屈不忍的逆反成分。如今三十九岁的我，与人与事较量颇多，不说伤痕累累，亦是遍体伤痕。倘咀嚼母亲过去的告诫，便厌恶自己是个孽种。忏悔既深既久，每每克己地玩味起母亲传给我的一个"忍"字来。或曰逆反，或曰"二律背反"也未尝不可，却又常于"克己复礼"之后而疑问重重，弄不清作为一个人，那究竟好呢还是不好？……

一场雨后，榆树钱儿变成了榆树叶。

榆树叶也能做"小豆腐"。做榆树叶汤，滑滑溜溜的，仿佛汤里加了粉面子。

然而母亲厂里的食堂将那片榆树林严密地看管起来了，榆树叶成了工人叔叔和阿姨的佐餐之物。

别了，暄腾腾的"小豆腐"……

别了，绿汪汪的"滑溜溜"……

别了，整个儿那一片使我产生强烈的占有欲并幻想以狼犬严守的榆树林……

我们是社会主义国家，按照共产主义分配原则，将可做"小豆腐"、可做榆钱汤的榆树叶儿"共产"起来，原本也是情理之中的事儿。倒是我那占为己有的阴暗的心思，于当年论道起来，很有点儿自发的资产阶级利己思想的意味。

不过我当年既未忏悔，也未诅咒过自己。

……

母亲依然有东西带回给我们，鼓鼓的一小布包——扎成束的狗尾巴草。

狗尾巴草不能做"小豆腐"吃。不能做"滑溜溜"喝。

却能编毛茸茸的小狗、小猫、小兔、小驴、小骆驼……

母亲总有东西带回给每日里眼巴巴地盼望她下班的孤苦伶仃的孩子们。母亲不带回点什么，似乎就觉得很对不起我们。

不论什么东西，可代食的也罢，不可代食的也罢；稀奇的也罢，不稀奇的也罢，从母亲那破旧的小布包抖搂出来似乎便都成了好东西。哪怕在别的孩子们看来是些他们不屑一顾的东西。重要的仅仅在于，我们感觉到了母亲的心里对我们怀着怎样的一片慈爱。那乃是艰难岁月里绝无仅有的营养供给——那是高贵的"代副食"啊！

母亲是深知这一点的。

某天，放学回家的路上，我被一辆停在商店门口的马车所吸引。瘦马在阴凉里一动不动，仿佛是处于思考状态的一位哲学家。老板子躺在马车上睡觉，而他头下枕的，竟是豆饼。

四分之一块啊！

豆饼啊！他枕着。

我同学中有一个区长的儿子，有一次他将一个大包子分给我和几个同学吃，香得我们吃完了直咂嘴巴。

"这包子是啥馅的？"

"豆饼！"

"豆饼？你们家从哪儿搞的豆饼？"

"他爸是区长嘛！"

我们不吭声了。

豆饼是艰难岁月里一位区长的特权。

就是豆饼……

我绕着那辆马车转一圈儿，又转一圈儿，猜测车老板真是睡着了，偷儿似的动手去抽那块豆饼。

老板子并未睡着。

四十来岁的农村汉子微微睁开眼瞅我，我也瞅他。

他说："走开。"

我说："走就走。"

偷不成，只有抢了！

猛地从他头下抽出了那四分之一块豆饼，弄得他的头在车板上"咚"的一响。

他又睁开了眼，瞅着我发愣。

我也看着他发愣。

"你……"

我撒腿便跑，抱着那四分之一块豆饼，沉甸甸的豆饼。

"豆饼！我的豆饼！站住……"

愣怔中的老板子待我跑出了挺远才明白过来是怎么一回事，边喊边追我。

我跑得更快，像只袋鼠似的，在包围着我家的复杂地形中跳窜，自以为甩掉了追赶着的"尾巴"，紧张地撞入家门。

母亲愕问："怎么回事？哪儿来的豆饼？"

我着急忙慌，前言不搭后语地说："妈快把豆饼藏起来……他追我……"却仍紧紧抱着豆饼，蹲在地上喘作一团。

"谁追你？"

"一个……车老板……"

"为什么追你？"

"妈你就别问了……"

母亲不问了，走到了外面。

我将豆饼藏到箱子里，想想，也往外跑。

"往哪儿跑？"母亲喝住了我。

"躲那儿！"

我朝沙堆后一指。

"别躲！站这儿。"

"妈！不躲不行！他追来了，问你，你就说根本没见到一个小孩子！他还能咋地？"

"你敢躲起来！"母亲变得异常严厉，"我怎么说，用不着你教我！"

只见那持鞭的车老板，汹汹地出现了，东张西望一阵，向我家这儿跑来。

他跑到我和母亲跟前，首先将我上下打量了足有半分钟。因我站在母亲身旁，竟有些不敢贸然断定我就是夺了他豆饼的"强盗"，手中的鞭子不由得背到了身后去。

"这位大姐，见一孩子往这边跑了吗？抱着不小一块豆饼……"

我说："没有没有！我们连个人影也没看见！"

"怪了，明明是往这边跑的嘛！"他自言自语地嘟囔，"我挺大个老爷们儿，倒让个孩子明抢明夺了，真是跟谁讲谁都不相信……"

他悻悻地转身欲走。

"你别走。"不料母亲叫住他，说，"你追的就是我儿子。"

他瞪着我，复瞪着母亲，似欲发作，但克制着，几乎有点儿低声下气地说："大姐你千万别误会，我可不是想怎么你的儿子！鞭子……是顺手一抄……还我吧，那是我今、明两天的干粮啊！……"一副农村人在城里人面前明智的自卑模样。

母亲又对我说："听见了吗？还给人家！"

我快快地回到屋里，从粮柜内搬出那块豆饼，不情愿地走出来，走到老板子跟前，双手捧着还他。

他将鞭杆往后腰带斜着一插，也用双手接过，瞧着，仿佛要看出是不是小了。

母亲羞愧地说："我教子不严，让你见笑了啊！你心里的火，也该发一发。或打或骂，这孩子随你处置！"

"老大姐，言重了！言重了！我不是得理不让人的人，算了算了，这年头，好孩子也饿慌了！"

他反而显得难为情起来。

"还不鞠个躬，认个错！"

在母亲严厉目光的威逼之下，我被人按着脑袋似的，向那车老板鞠了个草草的躬。我家的斧头，给一截劈柴夹着，就在门口。

车老板一言不发，拔下斧头，将豆饼垫在我家门槛上"嘿嘿"几下，砍得豆饼碎屑纷落，砍为两半。

他一只手拿起一半，双手同时掂了掂，递给母亲一半，慷慨地说：

"大姐，这一半儿你收下！"

"那怎么行，是你的干粮啊！"

母亲婉拒。老板子硬给，母亲婉拒不过，只好收了，进屋去，拿出两个窝窝头和一个咸菜疙瘩给那车老板。又轮到那车老板拒而不收，最后呢，见母亲一片真心实意，终于收了。从头上抹下单帽，连豆饼一块儿兜着，连说："真是的，真是的，倒反过来占了你们个大便宜，怪不像话的！"

他在围困着我们家的地基壕堑、沙堆、废墟和石料场之间择路而去，插在后腰带上的长杆儿鞭子，似"天牛"的一条触角，晃晃的……

"你呀，今天好好想想吧！"

直至吃晚饭前，母亲就对我说了这么一句话。不理睬我，也不吩咐我干什么活儿。而这是比打我骂我，更使我悲伤的。

端起饭碗时，我低了头，嗫嚅地说："妈，我错了……"

"抬头。"

我罪人一般抬起头，不敢迎视母亲的目光。

"看着妈。"

母亲脸上，庄严多于谴责。

"你们都记住，讨饭的人可怜，但不可耻。走投无路的时候，低三下四也没什么。偷和抢，就让人恨了！别人多么恨你们，妈就多么恨你们！除了这一层脸面，妈什么尊贵都没有！你们谁想丢尽妈的脸，就去偷，就去抢……"

母亲落泪了。

我们都哭了……

夏天和秋天扯着手过去了。冬天咄咄地来了。我爱过冬天，大雪使我家周围的一切肮脏都变得洁白一片了。我怕过冬天，寒冷使我家孤零零的低矮的小破屋变成了冰窖。

那一年冬天我们有了一个伴儿——一条小狗。我在放学回家的路上发现了它，它被大雪埋住，只从雪中露出双耳。它绊了我一跤。我以为是条死狗，用脚拨开雪才看出它还活着。快冻僵了。它引起了我的怜悯。于是它有了一个家，我们有了一个伴儿。一条漂亮的小狗，白色，黑花，波兰奶牛似的。脖子上套着皮圈儿，皮圈儿上缀着一个小铜牌儿，小铜牌儿上压印出个"3"。它站立不稳，常趴着，走起来跟跟跄跄的。前足抬得高高的，不顾一切地一踏，于是下巴也狠狠触地。幸亏下巴触地，否则便一头栽倒了。喂它米汤喝，竟不能好好喝。嘴在破盆四周乱点一通，五六遭方能喝到一口米汤。起初我以为它是只瞎狗，试它眼睛，却不瞎。而那双怯怯的狗眼，流露着无限的人性，哀哀地乞怜着。我便怀疑它不过是被冻坏的。它漂亮而笨拙，如同一个患羊痫风的漂亮的小女孩，它那双褐色的狗眼，仿佛是通人性的。我并未因其笨拙而产生厌恶。弟弟妹妹们也是。

我们那么需要一个小朋友。

而它可以被当成一个小朋友。

就是这样。

母亲下班回到家里，呆呆地瞅着那狗吃和走的古怪样子，愣了半晌，惊问："这是什么？"

我回答："狗。"

"扔出去！"母亲怒道，"快给我扔出去！"

我说："不！"

弟弟妹妹们也齐声嚷："不扔！不扔！"

"都不听话啦？"母亲一把抓起了笤帚，高举着首先威胁的是我："看我挨个儿打你们！"我赶紧护住头："就不许我们喜欢个什么东西吗？"

弟弟妹妹们也齐声表示抗议：

"就不许我们养条喜欢的狗吗？"

"就不许我们有个捡来的伴儿吗？"

母亲吼道："不许！"笤帚却高举着，没即刻落到我头上。

我大胆争辩："你说过的，对人要心善！"

"可它不是人！"母亲举着的手臂放下了，"人都吃糠咽菜的年月，喂它什么？还是这么条狗！"

我说："我那份饭分给它吃。"

弟弟妹妹们也说："还有我们！"

母亲长叹了口气，逐个儿瞧我们，垂下了手臂。

在一中住读的哥哥那天晚上也回家了，研究地望着那条狗说："我知道了，这是条被医院里做过实验的狗，跑出来了！老师带我们到医院参观过，那些狗脖子上挂的都是这种编了号码的小铜牌儿。肯定做的是小脑实验，所以它失去平衡机能了。生物课本上讲到这一点。不养它，它只有死路一条……"

可怜的我们的小朋友！

母亲又长长地叹了一口气。不知是因狗，还是因她的儿女们集体的发难。

宽容的我们的母亲……

那么样条狗，却也是可以和我们在雪地上玩耍的。感谢上帝，它的大脑里的狗性是没被人做过什么实验的。它那种古怪的滑稽的笨拙的动态，使我们发出一串串笑声，足以慰藉我们幼小的孤独的心灵。

雪地上留下一片片生动的足迹，我们的和狗的……一天上午，趴在窗前朝外望的三弟突然不安地叫我："二哥你快看！"

外面，几个大汉在指点雪地上的足迹。

他们朝我家走来。

"是想抢我们的狗吧？"

我也不安了，惶惶地将"3号"藏入破箱子内，将小妹抱到箱子盖上坐着。

大汉们在敲门了。

高叫："我们是打狗队的！"

"我们家没养狗！"

然而他们闯入家中。

"没养狗？狗脚印一直跑到你家门口！"

"它死了。"

"死了？死了的我们也要！"

"我们留着死狗干什么？早埋了。"

"埋了？埋哪儿？领我们去挖出来看看！"

"房前屋后坑坑洼洼的，埋哪儿我们忘了。"他们不相信，却不敢放肆搜查，这儿瞧瞧，那儿瞅瞅，大扫其兴地走了。

"他们既然是打狗队的，既然没相信你们的话，就绝不会放过它的……"

晚上，母亲对我们的"小朋友"表现出了极大的担心。

我说："妈，你想办法救它一命吧！"

母亲问："你们不愿失去它？"

我和弟弟妹妹们点头。

母亲又问："你们更不愿它死？"

我和弟弟妹妹们仍点头。"要么，你们失去它。要么，你们将会看到打狗队的人，当着你们的面儿活活打死它。你们都说话呀！"

我们都不说话。

母亲从我们的沉默中明白了我们的选择。

母亲默默地将一个破箱子腾空，铺一些烂棉絮，放进两个掺了谷糠的窝窝头，最后抱起"3号"，放入箱内。我注意到，母亲抚摩了一下小狗。

我将一张纸贴在箱盖里面儿，歪歪扭扭地写的是——别害它命，它曾是我们的小朋友。

我和母亲将箱子搬出了家，拴根绳子，我拖着破箱子在冰雪上走。月光将我和母亲的身影印在冰雪上。我和母亲的身影一直走在我们前边，不是在我们身后或在我们身旁。一会儿走在我们身后，一会儿走在我们身旁的是那一轮白晃晃的大月亮。不知道为什么，月亮那一个晚上始终跟随着我和我的母亲。

半路我捡了一块冰坨子放入破箱子里。我想，"3号"它若渴了就舔舔冰吧！

我和母亲将破箱子遗弃在离我家很远的一个地方……

第二天是星期日。母亲难得休息一个星期日，近中午了母亲还睡得很实。我们难得有和母亲一块儿睡懒觉的时候，虽早醒了也都不起。

失去了我们的"小朋友"，我们觉得起早也是个没意思。

"堵住它！别让它往那人家跑！"

"打死它！打呀！"

"用不着逮活的！给它一锹！"

……

男人们兴奋地乱喊乱叫。

"妈！妈！"

"妈妈！"

我们焦急万分地推醒了母亲。

母亲率领衣帽不齐的我们奔出家门，见冬季停止施工的大楼角那儿，围着一群备料工人。

母亲率领我们跑过去一看，看见了吊在脚手架上的一条狗，皮已被剥下了一半儿。一个工人还正剥着。

母亲一下子转过身，将我们的头拢在一起，搂紧，并用身体挡住我们的视线。

"不是你们的狗！孩子们，别看，那不是你们的狗……"

然而我们都看清了——那是"3号"，是我们的"小朋友"。白黑杂色的那漂亮的小狗，剥了皮的身躯比饥饿的我们更显得瘦。小女孩般的通人性的眼睛死不瞑目……

母亲抱起小妹，扯着我的手，我的手和两个弟弟的手扯在一起。我们和母亲匆匆往家走，不回头，不忍回头。

我们的"小朋友"的足迹在离我家不远处中断了，一摊血仿佛是一个句号。

自称打狗队的那几个大汉，原来是工地上的备料工人。

不一会儿，他们中的一个来到了我家里，将用报纸包着的什么东西放在桌上。

母亲狠狠地瞪他。

他低声说："我们是饿急眼了……两条后腿……"

母亲说："滚！"

他垂了头往外便走。

母亲喝道："带走你拿来的东西！"

他头垂得更低，转身匆匆拿起了送来的东西……

雨仍在下，似要停了，却又不停。窗前瑟缩的瘦叶是被洗得绿生生的了。偶尔还闻一声寂寞的蝉吟。我知道的，今天准会有客来敲我的家门——熟悉的，还是陌生的呢？我早已是有家之人了。弟弟妹妹们也都早是有家之人了。当年贫寒的家像一只手张开了，再也攥不到一起。母亲自然便失落了家，栖身在她儿女们的家里。

在她儿女们的家里有着她极为熟悉的东西——那就是依然的贫寒。受着居住条件的限制，一年中的大部分日子，母亲和父亲两地分居。

那杨树的眼睛隔窗瞅我，愣愣地、呆呆地瞅我。古希腊和古罗马雕塑神祇们的眼睛，大抵都是那样子的，冷静而漠然。

但愿谁也别来敲我的家门，但愿。

在这一个孤独的日子让我想念我的老母亲，深深地想念……

我忘不了我的小说第一次被印成铅字时的那份儿喜悦。我日夜祈祷的是这回事儿。真是了，我想我该喜悦，却没怎么喜悦。避开人，我躲在个地方哭了，那一时刻我最想我的母亲……

我的家搬到光仁街，已经是一九六三年了。那地方，一条条小胡同仿佛烟鬼的黑牙缝。一片片低矮的破房子仿佛是一片片疥疮。饥饿对于普通的人们的严重威胁毕竟开始缓解。我是小学五年级的学生了。我已经有三十多本小人书。

"妈，剩的钱给你。"

"多少？"

"五毛二。"

"你留着吧。"

买粮、煤、劈柴回来，我总能得到几毛钱。母亲给我，因为知道我不会乱花，只会买小人书。每个月都要买粮、买煤、买劈柴，加上母亲平日给我的一些钢镚儿，渐渐积攒起来就很可观。积攒到一元多，就去买小人书。当年小人书便宜。厚的三毛几一本，薄的才一毛几一本。母亲从不反对我买小人书。

我还经常去出租小人书。在电影院门口、公园里、火车站。有一次火车站派出所一位年轻的警察，没收了我全部的小人书，说我影响了站内的秩序。

我一回到家就号啕大哭、我用头撞墙。我的小人书是我巨大的财富。我觉得我破产了，从绰绰富翁变成了一贫如洗的穷光蛋。我绝望得不想活，想死。我那种可怜的样子，使母亲为之动容。于是她带我去讨还我的小人书。

"不给！出去出去！"

车站派出所年轻的警察，大檐帽微微歪戴着，上唇留两撇小胡子，一副"格雷戈里"那种桀骜不驯的样子。母亲代我向他承认错误，代我向他保证以后绝不再到火车站出租小人书，话说了许多，他烦了，粗鲁地将母亲和我从派出所推出来。

母亲对他说："不给，我们就坐台阶上不走。"

他说："谁管你！"砰地将门关上了。

"妈，咱们走吧，我不要了……"

我仰起脸望着母亲，心里一阵难过。亲眼见母亲因自己而被人呵斥，还有什么事比这更令一个儿子内疚的？

"不走。妈一定给你要回来！"

母亲说着，母亲就在台阶上坐了下去，并且扯我坐在她身旁，一条手臂搂着我。另外几位警察出出进进，连看也不看我们。

"格雷戈里"也出来了一次。

"还坐这儿？"

母亲不说话，不理他。

"嘿，静坐示威……"

他冷笑着又进去了……

天渐黑了。派出所门外的红灯亮了，像一只充血的独眼，自上而下虎视眈眈地瞪着我们。我和母亲相依相偎的身影被台阶斜折为三折，怪诞地延长到水泥方砖广场，淹在一汪红晕里。我和母亲坐在那儿已经近四小时。母亲始终用一条手臂搂着我。我觉得母亲似乎一动也没动过，仿佛被一种持久的意念定在那儿了。

我想不能再对母亲说——"妈，我们回家吧！"那意味着我失去的只是三十几本小人书，而母亲失去的是被极端轻蔑了的尊严。

一个自尊的女人的尊严。

我不能够那样说……

几位警察走出来了。依然没看见我们似的，纷纷骑上自行车回家去了。

终于"格雷戈里"又走出来了。

"嘻，我说你们想睡在这儿呀？"

母亲仍不看他，不回答，望着远处的什么。

"给你们吧！"

"格雷戈里"将我的小人书连同书包扔在我怀里。

母亲低声对我说："数数。"语调很平静。

我数了一遍，告诉母亲："缺三本《水浒传》。"

母亲这才抬起头来。仰望着"格雷戈里"，清清楚楚地说："缺三本《水浒传》。"

他笑了，从衣兜里掏出三本小人书扔给我，嘟囔道："哟嗬，还跟我来这一套……"母亲终于拉着我起身，昂然走下台阶。

"站住！"

"格雷戈里"跑下了台阶，向我们走来。他走到母亲跟前，用一根手指将大檐帽往上捅了一下，接着抹他的一撇小胡子。

我不由得将我的"精神食粮"紧抱在怀中。

母亲则将我扯近她身旁，像刚才坐在台阶上一样，又用一条手臂搂着我。

"格雷戈里"以将军命令两个士兵那种不容违抗的语气说："等在这儿，没有我的允许不准离开！"

我惴惴地仰起脸望着母亲。

"格雷戈里"转身就走。

他却是去拦截了一辆小汽车，对司机大声说："把那个女人和孩子送回家去。要一直送到家门口！"……

我买的第一本长篇小说是《青年近卫军》。一元多钱。母亲还从来没有一次给过我这么多钱。

我还从来没向母亲一次要过这么多钱。

我的同代人们，当你们也像我一样，还是一个小学五年级学生的时候，如果你们也像我一样，生活在一个穷困的普通劳动者家庭的话，你们为我做证，有谁曾在决定开口向母亲要一元多钱的时候，内心里不缺少勇气？

当年的我们，视父母一天的工资是多么非同小可呵！

但我想有一本《青年近卫军》想得整天失魂落魄，无精打采。

我从同学家的收音机里听到过几次《青年近卫军》长篇小说连续广播。那时我家的破收音机已经卖了，被我和弟弟妹妹们吃进肚子里了。

直接吃进肚子里的东西当然不能取代"精神食粮"。

我那时还不知道什么叫"维他命"，更没从谁口中听说过"卡路里"，但头脑喜欢吞"革命英雄主义"，一如今天的女孩子们喜欢嚼泡泡糖。

在自己对自己的怂恿之下，我去到母亲的工厂向母亲要钱。母亲那一年被铁路工厂辞退了，为了每月十七元的收入，又在一个街道小厂上班。一个加工棉胶鞋帮的中世纪奴隶作坊式的街道小厂。

一排破窗，至少有三分之一被埋在地下了，门也是，所以只能朝里开。窗玻璃脏得失去了透明度，乌玻璃一样。我不是迈进门而是跌进门去的。我没想到门里的地面比门外的地面低半米。一张踏脚的小条凳权作门里台阶。我踏翻了它，跌进门的情形如同掉进一个深坑。

那是我第一次到母亲为我们挣钱的那个地方。

空间非常低矮。低矮得使人感到心里压抑。不足二百平方米的厂房，四壁潮湿颓败，七八十台破缝纫机一行行排列着，七八十个都不算年轻的女人忙碌在自己的缝纫机后。因为光线阴暗，每个女人头上方都吊着一只灯泡。正是酷暑炎夏，窗不能开，七八十个女人的身体和七八十只灯泡所散发的热量，使我感到犹如身在蒸笼。那些女人热得只穿背心。有的背心肥大，有的背心瘦小，有的穿的还是男人的背心，暴露出相当一部分丰厚或者干瘪的胸脯。毡絮如同褐色的重雾，如同漫漫的雪花，在女人们、在母亲们之间纷纷扬扬地飘荡。而她们不得不一个个戴着口罩。

女人们、母亲们的口罩上，都有三个实心的褐色的圆。那是因为她们的鼻孔和嘴的呼吸将口罩濡湿了，毡絮附着在上面。

女人们、母亲们的头发、臂膀和背心也差不多都变成了褐色的。毛茸茸的褐色。我觉得自己恍如置身在山顶洞人时期的女人们、母亲们之间。

我呆呆地将女人们、母亲们扫视一遍，却发现不了我的母亲。

七八十台破缝纫机发出的噪声震耳欲聋。

"你找谁？"

一个用竹篾子拍打毡絮的老头对我大声嚷，却没停止拍打。

毛茸茸的褐色的那老头像一只老雄猿。

"找我妈！"

"你妈是谁？"

我大声说出了母亲的名字。

"那儿！"

老头朝最里边的一个角落一指。我穿过一排排缝纫机，走到那个角落，看见一个极其瘦弱的毛茸茸的褐色的脊背弯曲着，头凑近在缝纫机板上。周围几只灯泡的电热烤着我的脸。

"妈……"

"……"

"妈……"

背直起来了，我的母亲。转过身来了，我的母亲。肮脏的、毛茸茸的、褐色的口罩上方，眼神儿疲惫的、我熟悉的一双眼睛吃惊地望着我，我的母亲的眼睛……

母亲大声问："你来干什么？"

"我……"

"有事快说，别耽误妈干活！"

"我……要钱……"

我本已不想说出"要钱"两字，可是竟说出来了！

"要钱干什么？"

"买书……"

"多少钱？"

"一元五角就行……"

"……"

母亲掏衣兜，掏出一卷毛票，用指尖龟裂的手指点着。

旁边一个女人停止踏缝纫机，向母亲探过身，喊："大姐，别给！没你这么当妈的！供他们吃，供他们穿，供他上学，还供他们看闲书哇！"又对我喊，"你看你妈这是在怎么挣钱？你忍心朝你妈要钱买书哇！"

母亲却已将钱塞在我手心里了，大声回答那个女人："谁叫我们是当妈的啊！我挺高兴他爱看书的！"

母亲说完，立刻又坐了下去，立刻又弯曲了背，立刻又将头俯在缝纫机板上了，立刻又陷入手脚并用的机械的忙碌状态……

那一天我第一次发现，我的母亲原来是那么瘦小，竟快是一个老女人了！那时刻我努力要回忆起一个年轻的母亲的形象，竟回忆不起母亲她何时年轻过。

那一天我第一次觉得我长大了，应该是一个大人了。并因自己十五岁了才意识到自己应该是一个大人了而感到羞愧难当，无地自容。

我鼻子一酸，攥着钱跑了出去……

那天我用那一元五角钱给母亲买了一听水果罐头。

"你这孩子，谁叫你给我买水果罐头的？！不是你说买书，妈才舍得给你钱的嘛！"

那一天母亲数落了我一顿。数落完了我，又给我凑足了够买《青年近卫军》的钱……

我想我没有权利用那钱再买任何别的东西，无论为我自己还是为母亲。

从此我有了第一本长篇小说……

后来我有了第二本、第三本、第四本、第五本……《钢铁是怎样炼成的》《牛虻》《勇敢》《幸福》《红旗谱》……

我再也没因想买书而开口向母亲要过钱。

我是大人了。

我开始挣钱了——拉小套。在火车站货运场、济虹桥坡下、市郊公路上……

用自己辛辛苦苦挣的钱买书时，你尤其会觉得你买的乃是世界上最值得花钱的最好的东西。

于是我有了三十几本长篇小说。十五岁的我爱书如同女人之爱美，向别人炫耀我的书是我当年最大的虚荣。

三年后不少书都成"毒草"。街道也是挨家挨户查抄"毒草"并焚烧之。

"老梁家的，听说你们这个院儿里，顶数你们孩子买的黑书多啦，统统交出来吧！"

"我儿子的书，我已经烧了，烧光了。现时我家只有那几本红宝书啦。"

母亲指给他们看。

他们怀疑。

母亲便端出一盆纸灰："怕你们不信，所以保留着纸灰给你们验证。若从我家搜出一本黑书，你们批判我。"

"听说你儿子几十本书哪，就烧成这么一盆纸灰？"

"都保留着？十来盆呢。我不过只保留了一盆给你们看。"

母亲分外虔诚老实的样子。

他们信了。

他们走时，母亲问："那么这一盆纸灰我也可以倒了吧？"他们善意地说："别倒哇！留着，好好保留着。我们信了，兴许我们走后再来查一遍的人们还不信呀。保留着是有必要的！"

纸灰是预先烧的旧报纸。

我的书，早已在母亲的帮助下，糊在顶棚上了。

我下乡前，撕开糊棚纸，将书从顶棚取下，放在一只箱子里，锁了，藏在床底下最里头。

我将钥匙交给母亲时说："妈，你千万别让任何人打开那箱子。"

母亲郑重地接过钥匙："你放心下乡去吧！若是咱家失火了，我也吩咐你弟弟妹妹们先抢救那箱子。"

我信任母亲。

但我离开城市时，心怀着深深的忧郁。我的书我的一个世界上了锁，并且由我的母亲像忠仆一样替我保管，我没有什么可不放心的。然而谁来替我分担母亲的愁苦呢？即使是一点点？

我知道，不久三弟也是要下乡的。

接着将会轮到四弟。

那么家中只剩下挑不动水的妹妹，疯了的哥哥和我瘦小憔悴的积劳成疾的母亲了！

我们将只能和父亲一样，从相反的两个方向，大东北和大西北遥遥地关注我们日益破败的家了……

母亲越是刚强地隐藏着愁苦，我便越是深深地怜悯母亲。

上帝保佑，我的家并没失过火，却因房屋深陷地下，如同母亲挣钱的那个小厂一样，夏季里不知被雨水淹了多少次。

一九七九年，时隔五载，我第一次从北京回去探家，帮助母亲从家中清除破烂东西，打床底下拖出了那一只挺沉的箱子。它布满了滑溜溜的霉苔。

我问母亲："妈，这箱子里装的什么呀？"

母亲看着，回忆着，和我一样想不起来。

"妈，把打开这锁的钥匙给我……"

"妈也记不清楚哪把钥匙是开这把锁的了，你试吧！"

母亲从兜里掏出一串钥匙给我。

锁已锈死，哪一把钥匙也打不开，最后被我用砖头砸开了。

掀开箱盖，一股霉味直冲鼻腔。一箱子书成了一箱子发黄的碎纸。

碎纸中有几个粉红色的小小生命在蠕动，像刚刚被剁下来的保养得极润的女人的手指。

我砰地关上了那箱子盖，并用双手使劲按住，仿佛箱子内有一个面目狰狞的魔鬼。

即使将世界装在那样一口箱子里也是会发霉的。

"箱子里到底是什么啊？"

母亲困惑地又问了一句……

父亲带着一颗受了伤害的心离开北京回四弟家中去住了。我致信三弟希望母亲能到北京来住。这是一九八五年的事。算起来我又六年未见母亲了。父亲的走，使我更加想念母亲。我心中常被一种潜在的恐慌所滋扰，我总觉得一个不可避免的事实伏在距离我很近的日子里，当它突然跃到我跟前时，我不知该如何承受那悲哀、内疚和惭愧。

母亲便很快来到了北京。

母亲是感知到了我的心情吗？

我和妻每夜宿在办公室，将我们十三平方米的小小居室让给了母亲和安徽小阿姨秀华和我们三岁半的儿子。一老一少两个女人和一个孩子夜夜挤在一张并不宽大的硬床上。

母亲满口全是假牙了。

母亲的眼病更严重了。

"你是她什么人？"

在积水潭医院眼科，医生对母亲的双眼仔细检查了一番后，冷冷地问我。

"儿子。"

"为什么到了这种地步才来看？"

我无言以对。我知道弟弟妹妹们为了治好母亲的眼睛，已是付出了许多儿女的义务和孝心。我也听出了医生话中谴责的意味。

"眼翳是难以去除了，太厚，手术效果不会理想的，而且也极可能伤到瞳仁……"

"那……至少，是应该植假睫毛的吧？"

可怜的母亲，双眼连一根睫毛也没有了！失去了保护的眼睛常被炎症所苦。

"应该想到的事，你不认为你想到得有些晚了吗？眼皮已经这么松弛了，植了假睫毛还是会向内翻，更增加痛苦。"

"那……"

"多大年纪了？"

"六十七岁了。"

"哦，这么大年纪了……开几瓶常用药水吧，每天给你母亲点几次，保持眼睛卫生……这更现实些……"

我搀扶着母亲，兜里揣着几瓶眼药水，缓慢地往医院外面走。

默默的，我不知对母亲说什么话好。十五岁那一年，我去到母亲为养活我们而挣钱的那个地方的一幕幕情形，从此以后更经常地浮现在我脑际，竟致使我对类似踏板缝纫机的一切声音和一切近于褐色的颜色产生极度的敏感。

"儿，你替妈难过了？别难过，医生说得对，妈这么大年纪了，治好治不好的又怎么样呢？"

八岁的儿子，有着比我在十五岁时数量多得多的"书"——卡通连环画册，《看图识字》《幼儿英语》《智力训练》什么什么的。妻的工资并不高，甚至可以说是低收入阶层，却很相信智力投资一类的宣传。如是等样的书，妻也看，儿子也看，因为妻得对儿子进行启蒙式教育。倘我在写作，照例需要相对的安静，则必得将全部的书摊在床上或地下，一任儿子作践，以摆脱他片刻的纠缠。结果更值得同情的不是我，而是那些"书"。

触目皆是儿子的"书"，将儿子的爸爸的"读物"从随手可取排挤到无可置处，我觉得愤愤不平，看着心乱。既要将自己的书进行"坚壁清野"，又要对儿子的"书"采取"三光政策"。定期对儿子那些被他作践得很惨的"书"加以扫荡，毫不吝惜。

这时候，母亲每每跟着我踱出家门，站于门口望我将那些"书"扔到哪儿去了，随后捡回。如是频频，而我不知觉。

一天，我跨入家门，又见满床满桌全是幼儿读物的杂乱情形，正在摆布的却不是儿子，而是母亲。糨糊、剪刀、字条，一应俱全。母亲正在粘那些"书"。那些曾被儿子作践得很惨被我扔掉过的"书"。

母亲唯恐我心烦，慌慌地立刻就要收起来。

我拿起一册翻看，母亲粘得那么细致。

我说："妈，别粘了。粘得再好，梁爽也是不看的。这些书早对他失去吸引力了！"

母亲说："我寻思着，扔了怪让人心疼的不是……要不让我都粘好，送给别人家孩子吧！这也比扔了强呀！"

我说："破旧的，怎么送得出手？没谁要。妈你瞧，你也不是按着页码粘的，隔三岔五，你再瞧这几页，粘倒了啊！"

母亲说："唉，我这眼啊，要不寄给你弟弟妹妹们的孩子，或者托人捎给他们？"

我说："千里迢迢，给弟弟妹妹们的孩子寄回去捎回去一些破的旧的画册？弟弟妹妹们心里不想什么，弟媳和妹夫还不取笑我？"

母亲说："那……我真是白粘了吗？……就非扔了不可了吗？粘好保存起来，过几年，梁爽他长大了几岁，再给他看，兴许他又像没看过一样了吧？"

我说："也可能。妈你愿粘，就粘吧。粘成什么样都没关系，我不心烦。"

于是我和母亲一块儿粘。

收音机里在播着一支歌：

旧鞋子穿破了不扔做啥？

老太太老爷子他们实在啰唆……

我想像我这样的一个儿子，是没有任何资格嘲弄和调侃穷困在我的母亲身上造成的深痕的。在如今的消费心理和消费方式的对比之下，这一点并不太使我这个儿子感到可笑，却使我感到它在现实中的格格不入的投影是那么凄凉而又咄咄逼人。

我必庄重。

对于我的母亲所做的这一切似乎没有意义的事情，我必庄重。

我认为那是母亲的一种权利。

一种特权。

我必服从。

我必虔诚。

我不能连母亲这一点点权利都缺乏理解地剥夺了！

我知道床下、柜下，还藏着一些饮料筒儿、饼干盒儿、杂七杂八的好看的小瓶儿什么的，对于十三平方米的居室，它们完全是多余之物，毫无用处。

我装作不知。

是的，我必庄重。

它没什么值得嘲弄和调侃的。倘发自我，是我的丑陋。尽管我也不得不定期加以清除。但绝不当着母亲的面，并且不忍彻底，总要给母亲留下些她也许很看重的东西……

一天，我嘱咐小阿姨秀华带母亲到厂内的浴室洗澡。母亲被烫伤了，是两个邻居架回来的。我问邻居："秀华呢？"

他们说她仍在洗。

我从没对小阿姨表情严厉地说过话，但那一天我生气了。待她高高兴兴地踏进家门之后，我板起脸问她："奶奶烫伤了你知道不知道？"

"知道呀！"

"知道你还继续洗？"

"我以为……不严重……"

"你以为……你以为！那么你当时都没走到奶奶身边儿去看看？我怎么嘱咐你的！"

母亲见我吼起来，连说："是不严重，是不严重，你就别埋怨她了……"

半个多月内，母亲默默忍受着伤痛，没说过一句抱怨话。

母亲又失去了假牙。一天母亲取下假牙泡在漱口杯里，被粗心大意的小阿姨连水泼掉了。

母亲没法儿吃东西了，每顿只能喝粥。

我正要带母亲去配牙那一天，妹妹拍来了电报。

我看过之后，撕了。

母亲问："什么事？"

我说："没什么事。"

"没什么事哪会拍电报？"

母亲再三追问。尽管我不愿意，但最终不得不告诉母亲——长住精神病院的大哥又出院了……

母亲许久未说话。

我也许久未说话。

到办公室去睡觉之前，我低声问母亲："妈，给你订哪天的火车票？"

母亲说："越早越好，越早越好。我不早早回去，你四弟又不能上班了！"

母亲分明更是对她自己说。

我求人给母亲买到了两天后的火车票。

走时，母亲嘱咐我："别忘了把那瓶獾油和那卷药布给我带上。"

我说："妈，你的烫伤还没好？"

母亲说："好了。"

我说："好了还用带？"

母亲说："就快好了。"

我说："妈，我得看看。"

母亲说："别看了。"

我坚持要看。母亲只好解开了衣襟——母亲干瘪的胸脯上有一大片未愈的烫伤的溃面！我的心疼得抽搐了。

我不忍视，转过脸说："妈，我不能让你这样走！"

母亲说："你也得为你四弟的难处想想啊！"

……

母亲走了，带着一身烫伤，失落了她的假牙。留下的，是母亲的临时挂号证，上面草率的字写着眼科医生的诊断——已无手术价值。

今年春季，大舅患癌症去世了。早在一九六四年，老舅已经去世了。母亲的家族，如今只活着母亲一个女人，老而多病，如同一段枯朽的树根，且仍担负着一位老母亲对子女们的种种的责任感。那将是母亲至死也无法摆脱的了。

我想我一定要在母亲悲痛的时候回到母亲身旁去。我想如果我不去就简直太浑蛋了！

于是我回到了哈尔滨。

母亲更瘦更老更憔悴了，真正的就好似根雕一个样子！

母亲面容上仿佛并无悲痛。那一副漠漠然的神态令我内心酸楚。母亲其实已没有了丝毫能力担负她的责任和使命了呀！母亲好比是一只老猫，命在旦夕，只有关注着她的亲人和儿女们，然后从这个世界上平平常常地死去的份儿了！母亲她苍老的生命大概已完全丧失了体现她内心悲痛和怜悯之情的活力了吧？

在四弟的家里，只有我和母亲两个人的时候，母亲强打起她最后的尊严，语调缓慢地对我说：

"听着，妈和你爸从来没指望你当什么作家。你既然已经是了，就要好好儿地当。妈和你爸都这么大年纪了，别在我们活着的时候，给我们丢脸……"

那一时刻，我真想给母亲跪下，告诉母亲，我会永远记住她的话……

母亲对我已无他求。

"不会干别的才写小说。"——这一句话恰恰应了我的情况。

在这大千世界上我已别无选择，没了退路！

母亲，放心吧。我记住了你的话，一辈子！

……

若有人问我最大的愿望是什么？我会毫不犹豫地回答：将我的老母亲老父亲接到我的身边来，让我为他们尽一点儿拳拳人子的孝心。然而我知道，这愿望几乎等于是一种幻想、一个泡影。在我的老母亲和老父亲活着的时候，大致是可以这样认为的。

我最最衷心地虔诚地感激哈尔滨市政府为我的老父亲和老母亲解决了晚年老有所居的问题，使他们还能和我的四弟住在一起。若无这一恩德降临，在我家原先那被四个家庭三代人和一个精神病患者分居的二十六平方米的低矮残破的生存空间，我的老母亲老父亲岂不是只有被挤到天棚上去住吗？像两只野猫一样！而父亲作为我们共和国的第一代建筑工人，为我们的共和国付出了三十余年的汗水和力气。

我的哈尔滨，我的母亲城，身为一个作家，我却没有也不能够为你做些什么实际的贡献！

这一内疚是为终生的疚惭。

对于那些读了我的小说《溃疡》给我写来由衷的信的，愿真诚地将他们的住房让出一间半间暂借我老母亲老父亲栖身的人们，我也永远地对你们怀着深深的感激。这类事情的重要的意义是，表明着我们的生活中毕竟还存在着善良。

我们北影一幢新楼拔地而起。分房条例规定：副处以上干部，可加八分。得一次全国奖之艺术人员，可加两分。我只得过三次全国中短篇小说奖。填表前向文学部参加分房小组的同志核实，他同情地说："那是指茅盾文学奖，普通的全国奖不算。"我自忖得过三次普通的全国中短篇奖已属文坛幸运儿，从不敢做得三次茅盾文学奖的美梦。而命运之神即便偏心地只拥抱我一个人吧，三次茅盾文学奖之总分也还是比一位副处长少两分，而我们共和国的副处长该是作家人数的几百倍呢？

母亲呵，您也要好好儿地活着呀！您可要等啊！您千万要等啊！

求求您，母亲！

母亲呵，在您那忧愁的凝聚满了苦涩的内心里，除了希望您的儿子"好好儿地"当一个作家，就真的再别无所求了吗？……

淫雨是停歇了。瘦叶是静止了。这一个孤独的日子，我想念我的母亲。有三只眼睛隔窗瞅我，都是那杨树的眼睛。愣愣地、呆呆地瞅我，瞅着想念母亲的我。

邻家的孩子在唱着一首流行的歌：

　　　　杨树杨树生生不息的杨树，

　　　　就像妈妈一样，

　　　　谁说赤条条无牵挂？……

由我的老母亲联想到千千万万的几乎一整代人的母亲中，那些平凡的甚至可以认为是平庸的在社会最低层喘息着苍老了的女人，对于她们的儿女，该都是些高贵的母亲吧？一个个写来，都是些充满了苦涩的温馨和坚忍之精神的故事吧？

我之愀然是为心作。

娘！……

遥远的，我像山东汉子一样呼喊您一声，您可听到？……

母亲养蜗牛

母亲是住惯了大杂院的。

大杂院自有大杂院的温馨。邻里处得好，仿佛一个大家庭。故母亲初住在北京我这里时，被寂寞所围的情形简直令我感到凄楚。单位只有一幢宿舍楼，大部分职工是中青年，当然不是母亲聊天的对象。由于年龄、经历、所关注事物之不同，除了工作方面的话题，甚至也不是我的聊天对象。我是早已习惯了寂寞的人，视清静为一天的好运气，一种特殊享受。而且我也早已习惯了自己对自己诉说，习惯了心灵的独白。那最佳方式便是写作。稿债多多，默默地落笔自语，成了我无法改变的生活定律了。

我们住的这幢楼，大多数日子，几乎是一幢空楼。白天是，晚上仿佛也是。人们在更多的时候不属于家，而属于摄制组。于是母亲几乎便是一位被"软禁"的老人了……

为了排遣母亲的寂寞，我向北影借了一只鹦鹉。就是电影《红楼梦》中黛玉养在"潇湘馆"的那一只。一段时期内，它成了母亲的伴友，常与母亲对望着，听母亲诉说不休。偶尔发一声叫，或嘎唔一阵，似乎就是"对话"了。但它有"工作"，是"明星"，不久又被"请"去拍电影了。

母亲便又陷入寂寞和孤独的苦闷之中……

幸而住在我们楼上的人家"雪中送炭"，赠予母亲几只小蜗牛，并传授饲养方法，交代注意事项。那几个小东西，只有小指甲的一半儿那么大，呈粉红色，半透明，隐约可见内中居住着不轻意外出的、胎儿似的小生命。其壳看上去极薄极脆，似乎不小心用指头一碰，便会碎了。

母亲非常喜欢它们，视若宝贝，将它们安置在一个漂亮的装过茶叶的铁盒儿里，还预先垫了潮湿的细沙。有了那么几个小生命，母亲似乎又有了需精心照料和养育的儿女了。七十多岁的老太太，仿佛又变成一位责任感很强的年轻的母亲。她要经常将那小铁盒儿放在窗台上，盒盖儿敞开一半，使那些小东西能够晒晒太阳。并且，要很久很久地守着、看着，怕它们爬到盒子外边，爬丢了。就好比一位母亲守在床边儿，看着婴儿在床上爬，满面洋溢母爱，一步不敢离开。唯恐一转身之际，婴儿会摔在地下似的。连雨天，母亲担心那些小生命着凉，就将茶叶盒儿放在温水中，使沙子能被温水焐暖些。它们爱吃的是白菜心儿、苦瓜、冬瓜之类，母亲便将这些蔬菜最好的部分，细细剁了，撒在盒儿内。一次不能撒多，多了，它们吃不完，腐烂在盒儿内，则必会影响"环境卫生",有损它们健康。它们是些很胆怯的小生命,盒子微微一动,立即缩回壳里。它们又是些天生的"居士",更多的时候,足不出"户",深钻在沙子里,如同专执一念打算成仙得道之人,早已将红尘看破,排除一切凡间滋扰,"猫"在深山古洞内苦苦修行。它们又是那么羞涩,宛如大门不出、二门不迈的名门闺秀。正应了那句话,"真人不露相,露相不真人"。偶尔潜出"闺阁",总是缓移"莲步",像提防好色之徒,攀墙援树偷窥芳容玉貌似的。觉得安全,则便与它们的"总角之好"在小小的"后花园"比肩而行。或一对对,隐于一隅,用细微微的触角互相爱抚、表达亲昵……

母亲日渐一日地对它们有了特殊的感情。那种感情,是与小生命的一种无言的心灵之倾诉和心灵之交流。而那些甘于寂寞、与世无争、与同类无争的小生命,也向母亲奉献了愉悦的观赏的乐趣。有时,我为了讨母亲的欢心,常停止写作,与母亲共同观赏……

八岁的儿子也对它们产生了浓厚的兴趣,也开始经常捧着那漂亮的小蜗牛们的"城堡"观赏。那一种观赏的眼神儿,闪烁着希望之光。都是希望之光,但与母亲观赏时的眼神儿,有着质的区别……

"奶奶,它们怎么还不长大啊?"

"快了,不是已经长大一些了吗?"

"奶奶,它们能长多大呀?"

"能长到你的拳头那么大呢！"

"奶奶，你吃过蜗牛吗？"

"吃？……"

"我们同学就吃过，说可好吃了！"

"哦……兴许吧……"

"奶奶，我也要吃蜗牛！我要吃辣味儿蜗牛！我还要喝蜗牛汤！我同学的妈妈说，可有营养了！小孩儿常喝蜗牛汤聪明……"

"这……"

"奶奶，你答应我嘛！"

"它们现在还小哇……"

"我有耐性等它们长大了再吃它们。不，我要等它们生出小蜗牛以后再吃它们。这样我不就永远可以吃下去了吗？奶奶你说是不是？……"

母亲愕然。

我阻止他："不许你存这份念头！不许你再跟奶奶说这种话！难道缺你肉吃了吗？馋鬼，你是一头食肉动物哇？"

儿子眨巴眨巴眼睛，受了天大委屈似的，一副要哭的模样……

母亲便哄："好，好，等它们长大了，奶奶一定做了给你吃。"

我说："不能什么事儿都依他！由我替奶奶保护它们，看谁敢再提要吃它们！"

儿子理直气壮地说："吃猪肉、羊肉、牛肉可以，吃鸡肉可以，吃烤鸭可以，为什么吃蜗牛就不行？"

我晓之以理："我们吃的是肉……"

儿子说："我想吃的也是蜗牛肉呀，我说吃它们的壳了吗？"

我说："你得明白，人自己养的东西，是舍不得弄死了吃的。这个道理，是尊重生命的道理……"

儿子顶撞我："你骗小孩儿！你尊重生命了吗？上次别人送给你的蚕茧儿，活着的，还在动呢，你就给用油炸了！奶奶不吃，妈妈不吃，我也不吃，全被你一个人吃了！我看你吃得可香呢！……"

我无言以对。

从此，儿子似乎更认为，首先在理论上，有极其充分的、天经地义的、无可辩驳的吃蜗牛的根据了……

从此，母亲观看那些小生命的时候，儿子肯定也凑过去观看……

先是，儿子问它们为什么还没长大，而母亲肯定地回答——它们分明已经长大了……

后来是，儿子确定地说，它们分明已经长大了。不是长大了些，而是长大了许多，而母亲总是摇头——根本就没长……

然而，不管母亲怎么想，怎么说，也不管儿子怎么想，怎么说，那些小小的生命，的的确确是天天长大着。在母亲的精心饲养下，长得很迅速。壳儿开始变黑了，变硬了。不再是些仿佛不经意地用指头轻轻一碰就易破碎的小东西了，它们的头和它们的柔软的身躯，从它们背着的"房屋"内探出时，也有形有状了，憨态可掬，很有妙趣了。它们的触角，也变粗变长了，两两一对儿，在盒之一隅卿卿我我、"耳鬓厮磨"之际，更显得情意缠绵、斯文百种了……

那漂亮的茶叶盒儿，对它们来说未免显得小了。

于是母亲将它们移入另一个盒子里，一个装过饼干的更漂亮的盒子。

"奶奶，它们就是长大了吧？"

"嗯，就是长大了呢……"

"奶奶，它们再长大一倍，就该吃它们了吧？"

"不行。得长到和你拳头一般儿大。你不是说要等它们生出小蜗牛之后再吃它们吗？"

"奶奶，我不想等到那时候，我只吃一次，尝尝什么味儿就行了……"

母亲默不作答。

我认为有必要和儿子进行一次更郑重、更严肃些的谈话。

一天，趁母亲不在家，我将儿子扯至跟前，言衷辞切，对他讲奶奶抚养爸爸、叔叔和姑姑成人，一生含辛茹苦，忍辱负重，是多么地不容易。自爷爷去世后，奶奶的一半，其实也已随着爷爷而去了。爸爸的活法又是写作，有心挤出更多的时间陪奶奶，也往往心恳而做不到。爸爸的时间，常被某些不相干的人不相干的事侵占了去，这是爸爸对奶奶十分内疚而无奈的。奶奶内心的孤独和寂寞，是爸爸虽理解也难以帮助排遣的。为此爸爸曾买过花，买过鱼。可养花养鱼，需要些专门的常识。奶奶养不好，花死了，鱼也死了。那些小小的蜗牛，奶奶倒是养得不错，而你还天天盼着吃了它们，你对吗？……

儿子低下头说："爸爸，我明白了……"

我问："你明白什么了？"

儿子说："如果我吃了蜗牛，便是吃了奶奶的那一点儿欢悦……"

我说："既然你明白了，以后再也不许对奶奶说吃不吃蜗牛的话了！"

儿子一副信誓旦旦的模样，诺诺连声。果然再不盼着吃辣味儿蜗牛、喝蜗牛汤了。甚至，再不关注那更漂亮的蜗牛们的新居了……

一天，我下班回到了家里，母亲已做好晚饭，一一摆上桌子。母亲最后端的是一盆汤，对儿子说："你不是要喝蜗牛汤吗？我给你做了，可够喝吧！"

我愕然。

儿子也愕然。

我狠狠瞪儿子。

儿子辩白："不是我让奶奶做的！……"

母亲也说："是我自己想做给我孙子喝的……"

母亲说着，朝我使眼色……

我困惑。首先拿起小勺，舀了一勺，慢呷一口，鲜极了！但我品出，那绝不是什么蜗牛汤，而是蛤蜊汤。

我对儿子说："奶奶是为你做的，你就喝喝吧！"

儿子迟疑地拿起小勺，喝了起来。我问："好喝吗？"

儿子说："好喝。"

又问："奶奶对你好不好？"

儿子说："好……奶奶，等我长大了，能挣钱了，挣的钱都给你花！……"

八岁的儿子动了小孩儿的感情，眼泪吧嗒吧嗒落入汤里。

母亲欣慰地笑了……

其实母亲将那些长大了的，她认为完全能够独立生活了的蜗牛放了，放于楼下花园里的一棵老树下。那儿土质松软，潮湿，很适于它们生存。而且，老树还有一深深的树洞。大概是可供它们避寒的……

母亲依然每日将蜗牛们爱吃的菜蔬之最鲜嫩的部分，细细剁碎，撒于那棵树下……

一天，母亲喜笑颜开地对我说："我又看到它们了！"

我问："谁呀？"

母亲说："那些蜗牛呗。都好像认识我似的，往我手上爬……"

我望着母亲，见母亲满面异彩。

那一时刻，我觉得老人们心灵深处情感交流的渴望，真真地令我肃然，令我震颤，令我沉思……

而长大成人的儿子们和女儿们，做了父母的儿子们和女儿们，四十多岁、五十多岁的儿子们和女儿们，我们还能够细致地经常洞察到这一点吗？

冬天来了。

树叶落光了。

大地冻硬了。

母亲孑然一身地走了。我给母亲的信中写道："妈，来年春天。我会像您一样，天天剁了细碎的蔬菜，去撒在那一棵老树下……"

那些甘于寂寞的，惯于离群索居的，羞涩的，斯文的，与世无争与同类无争的蜗牛啊，谁知它们是否会挨过寒冷的冬天呢？谁知它们明年春天是否会出现在那一棵老树下呢？

它们真的会认识饲养过它们的我的老母亲吗？居然也会认识那样一位老母亲的儿子吗？……

愿上帝保佑它们！

母亲和她的干儿女们

预感竟是真的有过的。似乎父亲和母亲逝前，总是会传达给我一些心灵的信息。

十月中旬，我和毕淑敏见过一面。她告诉我她在师大进修心理学，我便向她请教——我说今年以来，无论白天还是夜晚，无论睡着还是醒着，我眼前常有这样一幅画面移动着——在冬季，在北方小村外的雪路上，一只羊拉着一架爬犁，谨慎又从容地向村里走着。爬犁上是一桶井水，不时微少地荡出，在桶外和爬犁上结了一层晶莹的冰。爬犁后同样步态谨慎而又从容地跟随着一位少女，扎红头巾，脸蛋儿亦冻得通红，袖着双手。而漫天飘着清冽的小雪花儿……

并且，我向毕淑敏强调，此电影似的画面，绝非我从任何一本书中读到过的情节，也绝非我头脑中产生的构思片段。事实上一年多以来，尽管此画面一次比一次清晰地向我浮现，但我却从未打算将这画面用文字写出来……

毕淑敏沉吟片刻，答出一句话令我暗讶不已。

她说："你不妨问问你母亲。"

我母亲属羊，母亲的母亲也属羊。而这都是毕淑敏所不知道的。

而母亲于昏迷中入院的第二天，哈尔滨降下了入冬的第一场雪……我的思想是相当唯物的。但受情感的左右，难免也会变得有点儿唯心起来——莫非母亲的母亲，注定了要在这一年的冬季，将她的女儿领走？我没见过外祖母。但知外祖母去世时，母亲尚是少女……

那么那一桶清澈的井水意味些什么呢？

在医院里，在母亲的病床前以及在母亲出殡的过程中，我见到了母亲的一些干儿女。

我早知母亲有些干儿女。究竟有多少，并不很清楚。凡三十余年间，有的见过几面，有的竟不曾见过。但我清楚，在漫长的三十余年间，他们对母亲怀着很深很深的感情。

他们当年皆是我弟弟那一辈的小青年。

话说当年，指的是"上山下乡"运动开始以后。许多家庭的长子长女和次子次女，和我以及我的三弟一样，都恋恋不舍地告别了家庭和城市。城市中留下的大抵是各个家庭的小儿女，年龄在十六七岁和十八九岁。那个年代，这些平民家庭的小儿女啊，似些孤独的羔羊，面对今天这样、明天那样的变化，彷徨、迷惘、无奈，亲情失落不知所依。他们中，有人当年便是丧父或失母的小儿女。

　　既都是平民家的小儿女，所分配的工作也就注定了不能与愿望相符。或做街头小食杂店的售货员，或做挖管道沟的临时工，或在生产环境破败的什么小厂里做学徒……

　　某一年夏天，还是知青的我回哈城探家，曾去酱油厂看过我四弟的劳动情形。斯时他们几名小工友，刚刚挥板锨出完几吨酱渣，一个个只着短裤，通体大汗淋漓，坐在车间的窗台上，任穿堂凉风阵阵扑吹，唱印度电影《流浪者》中的"拉兹之歌"：

　　　　我和任何人都没来往

　　　　命运啊

　　　　我的星辰

　　　　你把我引向何方引向何方……

　　他们心中的苦闷种种，是不愿对自己的家庭成员吐诉的。但是这些城市中的小儿女，又是多么需要一个耐心倾听他们吐诉的人啊！那倾听者，不仅应有耐心，还应有充满心间的爱心，还应在他们渴望安慰和体恤之时，善于安慰，善于劝解，并且由衷地予以体恤……

　　于是，他们后来都非常信赖也不无庆幸地选择了母亲。

　　于是，母亲也就以她母性的本能，义不容辞地将他们庇护在自己身边。像一只母鸡展开翅膀，不管自家的小鸡抑或别人家的小鸡，只要投奔过来，便一概地遮拢翅下……

那些城市中的小儿女啊，当年他们并没有什么可回报母亲的。

只不过在年节或母亲生病时，拎上一包寻常点心或两瓶廉价罐头聚于贫寒的我家看望母亲。再就是，改叫"大娘"为叫"妈"了。

有时混着叫，刚叫过"大娘"，紧接着又叫"妈"。与点心和罐头相比，一声"妈"，倒显得格外凝重了。

既被叫"妈"，母亲自然便于母性的本能而外，心生出一份油然的责任感。母亲关心他们的许多方面——在单位和领导和工友的关系；在家中是否与亲人温馨相处；怎样珍惜友情，如何处理爱情；须恪守什么样的做人原则，交友应防哪些失误；不借机伤害他人、报复他人；不可歧视那些被打入另册的人；等等。

母亲以她一名普通家庭妇女善良宽厚的本色，经常像叮咛自己的亲儿女一样，叮咛她的干儿女们不学坏人做坏事，要学好人做好事。

此世间亲情，竟延续了三十年之久。我曾很不以为然过，但母亲对我的不以为然也同样不以为然。她不与我争辩，以一种心里非常满足的、默默的矜持，表明她所一贯主张的做人态度。直至她去世前三天，还希望能为她的一个干女儿和一个干儿子促成一次大媒……

而他们，一个帮着四弟将母亲送入医院，一个一小时后便闻讯匆匆赶到医院，三十几小时不曾回家，不曾离开过医院！

母亲逝后，她的干儿女们都纷纷来到了弟弟家。

我说，不必在家中设灵位了吧？！

他们说，要设。

我说，不必非四十八小时轮流守灵了吧？！

他们说，要守。

这些三十年前的城市平民家庭的小儿女啊，三十年前是小徒工们，如今仍是工人们。只不过，有的"下岗"了；只不过，都做了父母了。

他们都是些沉默寡言之人。

我离开哈市时，仍分不清他们中几个人的名字。他们不与我多说什么。甚至根本就不主动与我说话。他们完完全全是冲他们与母亲之间那一种三十年之久的亲情而为母亲守灵、为母亲烧纸、为母亲送丧的。

三十年间，我下乡七年，上大学三年，居京二十年，我曾给予母亲的愉快时日，比他们给予的少得多。

回到北京，我常默想——从今后，我定当以胞弟胞妹视待他们啊！

至于我自己的几名中学挚友与母亲之间的亲情，比三十年更长久，从我初一时就开始了。那是世间另一种亲情，心感受之，欲说还休欲说还休……

每独坐呆想，似乎有了一种答案——那时时浮现过我眼前的画面中那一桶清澈的井水，是否便意味着人世间的一种温馨亲情呢？母亲的母亲，给予在母亲心里了。而母亲只不过从内心里荡出了一些，便获得了多么长久又多么足以感到欣慰的回报啊！这么想很唯心，但请不要责怪儿子的痴思。

愿此亲情在我们中国老百姓间代代相传。

没了它，意味着我们普通人的人生多么大的损失啊！

母亲我爱您。

母亲安息吧……

黑纽扣

今年五月，我完全是被长久萦绕心间的乡思所驱使，回到了哈尔滨。七年没回去了。七年没见老母亲了。

弟弟、妹妹、弟媳和妹夫们都还未下班，家中只母亲一人。母亲正在做晚饭。狭小的厨房没窗子，一盏度数很低的灯卑微地忽闪着——电压不稳。灶烟和锅汽形成厚重的昏暗。昏暗中，母亲双手抖抖地端着米盆，像烟气中的一个虚影，木然地望着我。显然，母亲一时看不清我的脸。

我大声说："妈，是我回来了！"心中竟很激动。"是……绍生吗？"母亲从来只叫我小学时的名，这名是户籍警在我诞生的时候按照氏族辈字给我起的。母亲从来也没叫过我上中学后自己改的名——晓声。仿佛她不喜欢这个名，不认可她的儿子叫这个名。我不知这是为什么，也没诘问过。

"妈，是我！"一回到家中，自己说话的语调就很自然地复归了东北口音，连我自己都感到奇怪。

"哦，哦……"母亲转过身去，想找个放盆的地方。

我走进屋，刚搁下提包，母亲便跟入了，双手仍端着米盆。厨房极乱，母亲大概是没处放盆。我赶紧从母亲手中接过米盆。里屋并不比厨房大多少，也不比厨房光明多少。只有一张桌子可放东西，桌子上同样杂乱地堆放了许多杯、碗、小孩儿玩具。三对夫妻，三辈人，十一口，生活在仅二十余平方米的低矮而阴暗的空间，有条不紊和清洁就只能成为一种奢望了。我原地转了三百六十度，最后将米盆暂放在床上。

"你……怎么也不预先来封信，我们也好把家收拾干净一点。"母亲歉疚地说，目不转睛地端详着我。

母亲是更瘦小、更憔悴、更苍老了，脸色很不好，蜡黄里泛着青灰。眼病分明没治愈过，眼边红红的。衣服也挺肮脏，衣襟上一片锅底灰。整个看去，母亲像一截枯槁的树根，从泥土中抠出来不久。

我又叫了一声"妈"，心内倏然泛起难过，喉间像被什么东西哽住，说不出话。母亲一共养育了我们五个子女，我算是有点出息的——成了作家，我是母亲精神世界中的一豆烛光，是母亲心灵的安慰。可我身在北京，又是对母亲尽孝最少的一个儿子。甚至可以说，自从我到北京后，就没有对母亲尽过一个做儿子的孝道，只不过隔几个月往家中寄点钱。

"孩子，你瘦多了……别那么拼命写，妈不指望你出名，只愿你身体好，没病没灾的……"母亲说着，侧过身，撩起肮脏的衣襟拭她那发红的眼角。

"妈，我不过就是瘦一点，可没什么大病……"我用谎话欺骗母亲。我努力克制着，不使自己在母亲面前落下泪来。"真的？"母亲转身再次端详着我。她长长地叹了一口气，然后低声说，"你这次回来，一定要去看看你小姨。"

我说："过三五天我就去看她。"

母亲说："不，你明天就要去看她。她……怕是没多少日子可活了……"

我不禁呆住了。母亲又说："你弟弟妹妹都去看过她了。连你妹夫也去看过了。可她最想念的还是你，每次来信都提你……苦命女人，妈的命够苦了，你小姨比妈的命还苦……"

"小姨……她得了什么重病……"小姨才四十多岁，我简直有些怀疑母亲的话，讷讷地问。

"三月份你弟弟妹妹们把她接来家中住了一段时间，轮流陪她到医院去检查过，也没查出什么大病来。可她就是一天比一天瘦，不想吃也不想喝的，人瘦得快剩把骨头了……人啊，就怕是苦在心里啊！同学老师的，你都不要先去看，明天一定要先去看你小姨。"母亲异常忧郁地说。

我轻轻"嗯"了一声。可怜的小姨！可怜的女人啊！

一种凄凉一种悲怆，在我内心里弥漫开来。

我装作疲乏的样子，倒在床上，眼眶竟有些湿润了。近几年来，还没有一件事，比这件事更令我感到难过。

我本来没有姨。小姨不是亲姨。

我七岁时，母亲在铁路上做临时工。挑挑抬抬，搬石运铁，卸煤扬沙。哪儿的活顶脏顶累，临时工们就被指派到哪儿去干，男女平等。母亲每天下班都很晚，常常是黑着一张脸，带着一身尘土回到家里。

那时我们家还没有搬到"偏脸子"这一带，住在安平街。房子比现在住的还小，还破，还缺少光明。屋里的地面，要比外面的地面低一尺。为了防止下雨天雨水灌进屋来，门槛儿上面横钉了一块木板，进屋的人得高抬脚。门槛儿内叠了两层碎砖，算是踏脚的台阶。第一次来我家的人，不是头被上门框撞起了包，便是踩空"台阶"吓一大跳。虽然有窗子，但一半埋入了地下。窗框被下沉的房子扯得不成形状，无法打开。碎了的玻璃因为窗框无形，也就镶不上，用牛皮纸糊着。这是私人房产，房东并不因它全不像个房子样就将房钱压得低些。里外两间，外间夏天做厨房。冬天为了取暖，再将铁炉子搬进里屋去，我们五个孩子和母亲挤在里屋一铺炕上，外间便放大白菜、土豆、萝卜、水缸、粮食箱子、劈柴和煤桶，也就没余地了。

记得是冬季的一天，从白天到黑夜，一直下着很大的雪。母亲那一天下班特别晚，带回来一个陌生人。

一

母亲的脸，照例是黑的。"低头，高抬脚，慢点落脚，再慢落一脚……"母亲先进得屋来，引着这人的一只手，提醒着，将这人引进屋来。亏得母亲心细，这人没被碰了头，也没被吓一跳。那人的脸比母亲的脸更黑，因而看不出年龄。从脸黑这一点却不难得出肯定的结论，那人是和母亲同样做临时工的，和母亲一块儿卸过煤。头戴和母亲同样的狗皮帽子，身套和母亲同样长过膝盖的大棉坎肩儿，脚穿和母亲同样的棉胶鞋。

母亲从炕上拿起笤帚，一边扫落那人身上的雪花，一边说："你瞧，我家就是这么个破烂样子，这几个都是我的孩子……绍生，快给我们倒洗脸水……"

那人的黑脸上唯独一双眼睛是干净的，眼神儿有点怅惘，有点拘谨。他一动也不动地站在门口，分明因为我家比他想象的还不如，一时有些不知所措。

我舀了大半盆凉水，轻轻放在他脚旁。

他见屋里没个能从容洗脸的地方，就一声不响地端起盆，转身走到外屋去了。

母亲便也摘下帽子，脱掉坎肩儿，跟到外屋去洗脸。

母亲又进屋来舀了两次水。

我们几个孩子，则在里屋面面相觑，彼此交换着惊奇的目光。

终于，母亲和那人又走进屋来了。

我们的惊奇顿增十倍。"他"竟是女的，一个大姑娘！

我们家住的那地方，当时被铁丝工厂占了，新盖起一幢三层楼房。邻居们都迁走了。因为房东想多要钱，在斤斤计较地和厂方耍赖皮，高楼下仅剩我们家东倒西歪的破房子，四周被还没有清除的建筑垃圾包围着。邻居们迁走后，已经好长时间没有外人迈进我们家的门槛儿了。没有人串门儿的家，对孩子们来说，是异常冷清寂寞的家。我们家在哈尔滨市，又没有任何亲戚互相走动，生活的冷清寂寞就更令我们难耐。我们幼小的心灵里是早都在巴望着，随便有个什么人，能够知道在这座城市里，在这幢高楼后面，在一堆堆建筑垃圾的包围之中，有我们一家人生活着。只要这个人看得起我们，我们就会将我们全家真挚的、充满敬爱和感激的情意奉献给这个人。这大姑娘那一天变戏法似的突然出现在我们面前，不但令我们惊奇，而且令我们非常高兴。

她长得很俊美呢！起码我们是这么认为的。她将那件脏而笨重的棉坎肩儿脱在外屋了，也脱去了工作服，向我们展出一件半新的红底儿黑花的紧身小袄。她比母亲高半头，这在女人们来说，是很值得羡慕的所谓"适中"身材了。虽然穿着棉袄棉裤，还是看得出，她的身材苗苗条条，不胖也不瘦。也许是刚用凉水洗过脸的缘故吧，她的脸色看上去那么红润。眼边的煤灰却是未洗尽，一双温良的眼睛仿佛描了眼圈似的，显得又大又有神。

在我和弟弟妹妹眼里，她完完全全是个大人。而她这个大人，看上去也不过十七八岁。弟弟妹妹们一溜趴在炕上，傻呆呆地瞪眼瞧着她。

在我们不懂礼貌的盯视下，她有些发窘地侧着身，双手摸着搭在胸前的一条粗辫子，轻声问母亲："大姐，有木梳吗？"

"有，有……"母亲应着，赶紧拉开破桌子的抽屉，寻找出我家中唯一一把断了好多齿的木梳。

她接过木梳，就拆散了辫子，梳起头发来。

"里边趴着去！就这么一张炕，都让你们趴满了！"母亲对着弟弟妹妹们吆喝。

于是弟弟妹妹们就一堆儿缩到炕角去了。

"坐炕沿上梳吧。"母亲轻轻地将她推坐在炕沿上。

我低声问："妈，我给你们热饭吃吧？我和弟弟妹妹们都吃过了。"

母亲说："我自己热吧。挑两棵白菜，洗一个萝卜，我做汤……"

母亲看了那大姑娘一眼，挨着她坐在炕沿上，推推她的肩膀，问："你怎么不说话？"

她只是一下一下地梳着长发，也不抬头！

母亲又说："如果，你是嫌弃我这个家，今晚我就只留你住一宿，明天我再替你想想办法，看能不能找个好住处安身……如果，你还肯将就我这个家，你就长久地住下来，住多久我也不会撵你搬走。有我吃的，就有你吃的。有我盖的，就有你盖的……"

她还是不吭声，还是不抬头。木梳，在乌黑的长发上缓缓地梳理着，将她那长发梳得顺溜儿极了。

我们见她这样子，都觉得大大地失望，猜想她准是不愿在我们这样一个家里长久住下。

我一边剥白菜洗萝卜，一边偷眼瞧那大姑娘，真希望她说一句"我住下"，或者点一下头。

　　她却像个哑巴，头垂得更低了。

　　母亲见她始终不回答，表情就有些尴尬，便缓缓地站起身，去切菜。

　　"大姐，你每月收我多少房钱？"她忽然抬起头，用极小的声音向母亲发问。

　　"瞧你问的，什么房钱不房钱的。"母亲停止了切菜，转脸瞧着她说，"房子不是我的，我能做二道房东吗？你要愿住下，我一分钱也不收你的！"

　　那张我认为非常之俊美的脸上，花朵绽放般地呈现出了一种心喜意悦的微笑，她复低下头说："那……我愿长久住下……"仍继续梳头。

　　母亲乐了，说："不过，在孩子们面前，总得有个叫法。你叫我大姐，你年纪跟我的小妹子一般大，可惜我那小妹子死了。今后，就让孩子们叫你小姨吧，行吗？"

二

　　"嗯。"像个表示今后愿意听大人话的孩子的声调。她放下了梳子，开始编辫子。

　　母亲又对我们说："都听见了吗？今后要叫小姨！"

"小姨！"弟弟妹妹们迫不及待、异口同声地叫起来。几只猫崽子似的爬到她身旁，一迭声地叫"小姨"。

她半转过身，瞧着我们，又那么可爱地笑了。

我仿佛觉得我们家那小破屋子顿时满室生辉。在一片"小姨"的叫嚷声中，我那颗七岁的男孩子的心，竟充满了莫名其妙的激动和兴奋，从今往后我将有一个小姨了，并且是一个多么让我喜欢看着的小姨啊！我那把木头做的、涂了墨的驳壳枪，我那一小箱子小人书，我那十几颗花瓣玻璃球，我那只养在一个桌子抽屉里的小麻雀，所有我一切的宝贝东西，都抵不上这个小姨！我们与家庭成员之外的一个人建立了某种亲近的关系，这简直是生活对我们的赐予！

以往，母亲下班后，若是我们已经吃过了饭，她是绝不再动手做饭的，只胡乱吃几口我们给她留的饭就算了。那一天，虽然母亲下班很晚，虽然我们都看出她很疲劳，但她还是撑着精神，将两棵白菜细细地切了，拌了一盘。将萝卜同样细细地切了，做了小半锅汤。还抖尽了面口袋里的白面，放许多油煎了几张饼。母亲是从来舍不得一次用掉那么多油的。看得出，小姨和母亲一样，是个干起活来不藏奸、不掖懒的人。要不，她们为什么会把那一大盘拌白菜吃得干干净净，将那半锅汤喝得精光呢？

母亲和小姨吃罢饭，我默默收拾了碗筷去刷洗。我心里高兴，便会主动去做我不情愿做的事。小姨要抢着刷洗。母亲拦住她，说："往后有你插手的时候，今天还不能劳大驾！"

小姨无声地笑了。我真是看不够小姨的笑脸！她笑起来真叫人感到快乐！

母亲又说："你今晚就和我挤一宿吧，明天把外屋收拾收拾，给你搭个铺。"

小姨微微点头。在我们眼中，她是个大姑娘，是个大人。在母亲眼中，她分明还是个小妹子，是个孩子，她在母亲面前显得那么乖顺。

母亲开始铺被窝儿，弟弟妹妹们都自觉地往一块儿挤，给我们的小姨腾出倒身之处。家里的被子都很旧了，白被头也都很脏了。母亲很勤劳，几乎每隔一个月就拆一次被褥，但仍不能使全家的被褥显得干净些。因为炕是脏的。炕脏是因为三面炕墙是脏的，每天不知要往下掉多少墙皮。还因为我们的小身体一个个都是脏的。夏天，我们身上还能干净些，母亲常常将大盆放在外面，倒一大盆水给我们脱光了衣服洗澡。而整个冬季，我们是谈不上洗澡的。弟弟妹妹们毕竟都很幼小，一个个完全沉浸在意外获得了一个好看的小姨的幸福之中，并不为脏被褥感到羞耻。已经七岁了的我，却感到自己的脸发起烧来。羞耻感第一次在我的自尊心上打下了烙印，它不深也不浅。

我兑了半脸盆温水，放在小姨脚边，很礼貌地对小姨说："小姨，请你洗脚吧！"

"呀！……"小姨仿佛吃了一惊地看着我，又看着母亲。

母亲也说："你洗脚吧。"

小姨几乎是在恳求地说:"我哪能成个小姐似的,都让孩子把洗脚水端到眼皮底下呢!大姐你一定得跟孩子讲,往后千万别这样恭敬我啊!"

母亲平淡地一笑,说:"哪谈得上什么恭敬呀,孩子不过是得了你这么个姨,从心里往外亲爱着你罢了。你看不出来?"

小姨说:"大姐,我又不是木头人,哪能看不出来呢!"又端详着我问,"上学了吗?"

我回答:"上了。"

"几年级?"

"刚上一年级。"

"那小姨往后可以帮助你学习了,小姨是高小毕业呢!"那美好的微笑中洋溢着几许自豪。

我也不禁笑了,说:"行。"

母亲接言道:"我们绍生学习可用功啦,是两道杠呢,考试还得了奖状呢。"

"你是该好好读书啊,你爸爸在外地工作,你妈妈一边干临时工,还要拉扯你们长大,不好好学习可对不起你妈呀!"

我默默地点了一下头。

小姨又对母亲说:"大姐,你可真不容易啊!"

母亲长长地叹了口气:"可不,真不容易啊!有时候我心里都觉得活得疲倦了呢!"

我一声不响地退到炕角,从书包里拿出课本,脱了鞋,默默地贴墙躺下，朝墙转过身去，捧着课本看。

母亲催促小姨："洗脚吧，今天整整卸了一天煤，可是够累了啊！"

小姨说什么也不肯先用那盆洗脚水，到底还是母亲先洗过了，她才洗。洗完，却仍垂着赤脚坐在炕沿上，迟迟不上炕脱衣。

母亲又催促。

小姨说："我侄子看书呢！"

"我不看了。"我说着，将课本塞到枕下。

若是往常，我和弟弟妹妹们一钻进被窝儿，顷刻便会进入梦乡。但那一晚，我们毫无睡意。我竟也和弟弟妹妹们一样，趴在被窝儿里，目不转睛地盯着小姨看。看也看不够。

母亲再次催促小姨睡觉。

小姨低下头去，悄悄地说："大姐，等孩子们睡着了我再……当着这么多小侄子的面……怪羞人的……"

母亲逐个儿拍着我们的脑袋，大声命令："闭上眼睛，闭上眼睛！都给我闭上眼睛睡觉！"

三

我们这个闭上了眼睛，那个又睁开了眼睛，对这个小姨所感到的新奇，简直就使我们兴奋得无法入睡。仿佛生怕睡一觉醒来，小姨就不存在了。

"这些孩子，真不听话！"母亲佯装生气，看了小姨一眼，忍不住扑哧乐了，顺手拉灭了灯。屋里顿时伸手不见五指。黑暗中，只听到小姨缓慢脱衣服的声音。

沉静了片刻，又听小姨和母亲悄悄说话："大姐，和咱们一块儿干活的那几个男人忒坏，总拿些入不得耳的话挑逗我。"

"你别理他们就是了。你越当真，他们越开心！没一个好东西！"

"我也不敢生气，怕得罪了他们，他们今后会欺负我。"

"别怕他们，谁敢欺负你，大姐饶不了他！别看你大姐是个老实人，但不受人欺。你是我妹子，欺负你就是欺负了我……"

就这样，小姨在我们家中住下了。就这样，我们有了一个不是亲的，可比亲的还亲的小姨。

往后我才从母亲口中断断续续地知道，小姨不但是个高小毕业生，还是个共青团员。她是离哈尔滨一百多里的双城县农民，家里生活也挺困难的。听别人说哈尔滨在招青壮临时工，就独自一人到哈尔滨来了。在搬到我们家之前，她每晚都在火车站过夜。

我们因为有了这个小姨，都有了许多明显的改变。首先是，我们不再房前屋后乱拉屎尿了。小姨帮我们在附近搭了一个简陋的茅厕。我们也变得爱清洁了，因为小姨很爱清洁。我们将两只破箱子从里屋的铺底下拖出来，搬到外屋，一头一只，只做床腿。黑夜我和母亲从外面拖回来两块建筑工地上抛弃的跳板，截断后，为小姨在外屋搭了一张很牢靠的"床"。白菜萝卜堆到了"床"底下。外屋四处透风，墙上挂着厚厚的霜。我和弟弟妹妹用锅铲将霜刮下来，又用破棉团塞进透风的缝隙。我们怕小姨晚上睡觉冷，还得将火炉从里屋搬到外屋。在间壁墙上凿了个洞，增加了两节烟筒，穿到里屋去。这样一来，里屋不但同样暖和，而且显得宽敞了。小姨没住到我家时，母亲想不到也没心思做这些事。我这个孩子更想不到。小姨住到我家后，我并未经母亲吩咐，却想到了应该做许多事。这一类事情做过后，我们的家也像我们一样有了些微改变。

春节前一个月，母亲忽然变得好像有什么心事。一天，母亲背着小姨偷偷对我说，她是怕爸爸春节回家探亲，会因为家里住了一个陌生女人而不高兴。明白了母亲的心事，我也暗暗为此忧愁。父亲是绝不需要一个小姨的，他不发脾气才怪呢！

母亲让我给父亲写了一封信。信中告诉父亲家中一切都很安好，并且希望父亲春节不要回来探家，夏天再回来。讲了好几条夏天探家比春节探家好的理由。

小姨自然不知，几乎天天都问母亲："大姐夫什么时候回来呀？"

母亲就说："今年春节回不回来探家还不一定呢。"

"大姐，你快写封信，催我大姐夫回来探家吧！大姐夫不是两年多没探家了吗？你就不想？"

母亲淡淡地说："不想。"

小姨笑道："大姐骗人。就算你不想，孩子们也不想？"

母亲说："也许孩子们早把他忘了呢！"

弟弟妹妹们一听，抗议地嚷起来："没忘，没忘，我们早就盼着爸爸回来探家呢！"

母亲便不再说什么。

父亲果然回信说他春节不探家了，我念完信，弟弟妹妹们都哭闹起来。我和母亲互相望着，默默无语。我的心情和母亲是一样的，既觉得心中安定了，又觉得很内疚。

小姨则谴责起父亲来："哪有这样的人，两年多没探家了，孩子老婆一大堆，说不回来就不回来了！大姐，我替你写封信问问他，他心里到底还有没有这个家啊！"

母亲则装作生气地说："才不给他写信！他心里没这个家了，我们心里从此没他！"

小姨的父亲，一位老实厚道的庄稼人，从农村到城市来找小姨，想带小姨回去过春节。小姨不回去，她对父亲说："这个春节是我和大姐认识后的第一个春节，大姐夫又不探家了，撇闪得大姐和孩子们多冷清啊！这个春节我一定要跟大姐和孩子们一块儿过。"

小姨的父亲在我家住了两天，不好勉强小姨跟他回去，失望地走了。他临走，对母亲说他把小姨托付给母亲了。

我们的父亲虽然没回来探家，我们却过了一个很快乐的春节。快乐是小姨给予我们的。

我们也送灶王了，也供祖宗了，也吃年夜饺子了，也放鞭炮了，小姨还帮母亲炒了好几样菜，买了一瓶便宜的色酒。

吃年夜饺子的时候，母亲在桌上多摆了一只小盘，一双筷子。

我说："妈，多了一个人的。"

母亲说："不多，那是你爸爸的。你爸爸已经好几年没和全家在一起过春节了，就当这个春节是他和我们一起过的吧！"

小姨看了母亲一眼，就斟满了两盅酒，一盅递给母亲，另一盅双手端起，对母亲郑重地说："大姐，你替我大姐夫喝这一盅。大姐夫，我敬你一盅了！"说罢，一口喝干。顷刻，脸红得桃花似的。

母亲也一口喝干……

春节一过，天气渐渐暖了。转眼到了四月份，我们的日子不好过了。与我们一家共同生活的，除了小姨，还有一个无法计数的庞大家族——臭虫家族。它们是靠喝我们的血繁衍子孙后代的。我和弟弟妹妹们被咬得夜夜在炕上翻滚，身上被咬起了一排排一片片的大疙瘩。小妹被咬得夜夜哭闹难眠。我苦中寻乐，编了个谜让小姨猜：

日落西山黑了天，

红孩妖精上了山，

有心想吃唐僧肉，

猪八戒的耙子挠得欢。

四

小姨显然是猜着了的，但并不说破。只像个医生似的，用棉花团蘸着盐水，给弟弟妹妹们擦身上的疙瘩。

小姨叹了口气，对母亲说："大姐呀，孩子们被咬得太可怜了，得想个法子呀！"

母亲用心疼的目光望着我们，说："想了许多法子，就是治不住啊！"

第二天，小姨托病没去上班。母亲走后，小姨对我说："跟我去，去办点事儿。"

我也不多问，就跟小姨离家了。

小姨先领我到储蓄所，从她的存折上取钱。

储蓄员奇怪地说："昨天刚存，今天就取！"

小姨说："有急用。"

"二十元都取了？"

"都取了。"

接着小姨又领我去租了一辆手推车，然后我推着车跟她到了杂货市场上，买了两个草垫子。

回到家里之后，她又亲自到工地上去要了一桶电石灰。然后，小姨指挥我们，将破烂家具都从屋里搬出，她就动手泡电石灰，并在电石灰中掺了好几包"六六"粉。我要帮她忙，她不许，怕烧坏了我的手。

小姨独自用块旧布缠了一柄"刷子"，将里外墙壁细致地刷了一遍。又烧了几大壶开水，往破家具的缝隙里浇。

母亲下班之前，我们已将家又收拾好了，炕上也换了新草垫子。由于墙壁潮湿，许多处刷过之后，不是变白了，而是变黄了，像一块块难看的黄斑。小姨真有主意，又跑到商店去买了好几张画，贴在那些地方。母亲下班后，一进家门，竟呆住了，半晌说不出话。

小姨的双手都被烧起了许多大泡，她瞧着母亲抿嘴笑。

母亲要给小姨买草垫子的钱，小姨说什么也不收。

母亲说："你积攒点钱不容易，家中还有老父母的，你得收下！"

小姨生气了，说："大姐你要逼我收下，我就搬走了！"

母亲只好作罢。

母亲擎着小姨烧伤的双手，簌簌地落下了眼泪。

那一夜，我们睡得十分香甜……

房东向街道告了母亲一状。说母亲财迷心窍，私自往家里招房客，做起"二道房东"来了。街道干部们听信了，就来到我家质问母亲，母亲做了解释，然而她们不信。"哪有这么好心的人，非亲非故的，自将房子给人家住！"她们当着母亲的面儿表示怀疑。

母亲火了，顶撞道："你们不相信，就随你们的便好了！"

后来她们又在小姨在家时，来向小姨"调查了解"。

小姨回答她们："要说我大姐收留我是做了'二道房东'，那才是财迷心窍的人胡思乱想出来的呢！"

她们还不相信，毫无理由地认为肯定是母亲和小姨串通一气，预先商量好了的对词。于是便怂恿房东向法院起诉。

不久，母亲接到了法院的传讯。那是母亲生平第一次被迫跟法律打交道。

小姨毕竟是个农村姑娘，没经历过什么事，很不安，对母亲说："大姐，我还是搬走吧！"

母亲问："你有地方去？"

小姨说："还睡火车站。"

我和弟弟妹妹们一听小姨说她还要去睡火车站，都急了，乱嚷嚷：

"小姨，你千万别搬走啊！"

"妈，无论如何别让小姨离开咱家呀！"

母亲看着小姨说："听见孩子们的话啦？不许你搬走！你一搬走，没影的事儿也成真事儿了！有理走遍天下，我才不怕法院！你要去睡火车站，就再别叫我大姐！"

母亲从法院回来时，一副胜利归来的骄傲姿态。

小姨问："大姐，赢了？"

母亲说："有理嘛，还能输了不成？"

小姨说："谢天谢地，你走后，我心里七上八下的……"

母亲说："没见过世面的！"

小姨又问："大姐，法院怎么问的？你都怎么回答的？"

母亲淡淡地说："学这些干啥，没意思的！法院的同志当着我的面告诉房东，第一，他起诉是毫无根据的。第二，不许他为难我们，更不许赶我们搬家，除非我们主动想搬。还批评他只收房费，不修房子……"

小姨佩服地说："大姐，你还真行！"

母亲说："行什么，我是憋着口气上法院的啊！要不是人家告了咱们，我宁可忍气吞声。"

小姨反倒张扬起来了，愤愤地说："大姐，我陪你找房东去，当面损他一顿，替你出出气！"

母亲说："得理让三分，算啦！咱们再给房东加两元房钱吧，省得他往后再找麻烦，惹是生非的。"

小姨听了，瞧着母亲，半晌没言语……

过了"五一"，天气更暖和了。一冬天泼的脏水，在房前屋后的垃圾堆上结了一层层的脏冰。白天，被太阳晒化了，从垃圾堆上淌下来，不但泥泞了道路，还散着难闻的气味。

一天晚上，小姨背着双手，对母亲说："大姐，你猜家里给我寄啥来了？"

母亲问："是鞋吧？"

小姨摇头。

母亲想了想，又问："衣服？"

小姨说："大姐你要总往穿的上想，永远也猜不着的。"

五

母亲笑了："那是吃的东西？"

"也算是吃的，可马上吃不成啊！"小姨笑着将双手伸向母亲，"是菜籽，还有花籽呢！"说完就将手中的小布袋朝炕上倒，一边一小纸包一小纸包地排开，一边说，"瞧，这是小白菜籽，这是菠菜籽，这是油菜籽，呀，还有黄瓜籽和豆角籽呢，大姐你再看这些是花籽，扫帚梅、月季香、指甲花……十多种呢！"

母亲问："你们家怎么想起给你寄菜籽、花籽来了！往哪儿种哇？"

小姨回答："我写信叫家里寄来的。我要和侄子们改造那些垃圾堆！"

母亲说："亏你还有这份心思，到底是个姑娘的心！"

小姨说："人活着嘛，就得想着法儿让自己活得舒畅！"

第二天是星期天。小姨就带领我们，平整了那几座垃圾堆，一畦畦一垄垄地种菜种花。

过了不久，那几座垃圾堆都变成绿色的山冈啦。

到了七八月时，豆角、黄瓜已爬架子，花也开了。我们家那小破土屋的前后左右呀，就像座小花园似的了，红是红，绿是绿，紫是紫，黄是黄，五彩缤纷，赏心悦目极了，美丽极了。招引来了蝴蝶和蜻蜓，也招引来了铁丝厂里的女工们。她们三五成群地在午休时和下班后来看花，要花。小姨很慷慨，对谁都满足，博得了那些女工的好感。

怎么两个女人，带着几个孩子，仿佛与城市隔离了似的，在高楼后边，在小小的破土屋里，竟会生活得这么有情有趣的呢？

那些女工常常面对我们的花园发出这一类感叹。

每天晚上，我和弟弟妹妹们再也不囚在屋子里了。垫块木板什么的，围坐在母亲和小姨身旁，听两个我们在这世界上最亲最亲的女人说话。欣赏着我们的绿，我们的花，我们的美丽，我们的"大观园"。我们几乎都没有享受过什么美好。而我们面对的美好，是一个农村姑娘，是我们的小姨带给我们的。在沁人心脾的馥香中，在生机勃勃的五彩缤纷中，我们稚嫩的灵魂体会着某种悟性，进行着幼稚而严肃的思考，思考着什么是人世间的美好，什么是感激，为什么需要感激……

在那种时刻，我更加认定，小姨是我所见过的最美的女人。

小姨和母亲谈得最多的话题，是"转正"。还会有什么别的话题，会比"转正"更使两个做临时工的女人入迷呢？小姨和母亲几乎无时无刻不在向往转正。这种向往常使小姨喜形于色，常使母亲脸上洋溢出少见的对生活满怀信心的光彩。我知道——转正，这是小姨和母亲共同的幸福。

有天傍晚，我坐在小姨身边，伏在小姨膝上，摆弄着小姨的长辫子，拆开，编好，拆开，觉着怪好玩的。

母亲望望我，又望望小姨，叹了口气，说："我长这么大也没捡过什么，想不到如今捡到的比金子还贵重。"

小姨孩子般天真地问："大姐你捡啥好东西了？快告诉我！"

母亲说："我给自己捡了一个妹子，给孩子捡了一个小姨啊！"

小姨注视了母亲良久，忽然偎依着母亲，低声说："大姐，我保你捡到了，就再也丢不了啦！"

母亲低声道："你嘴上这么说呗，你还能在我家住一辈子？今后就不结婚，不成家了？"

母亲又训斥我："真不懂事，老大不小了，还装孩子，一边玩去，别赖在你小姨身边！"

小姨光是笑。

我脸红了，不好意思起来。小姨却用一条手臂轻轻搂住我的脖子，不放我离去，说："绍生，你长大了，考上大学，将来当了干部什么的，不会不认小姨吧？"

我大声回答："我要不认小姨，天打五雷轰！"

小姨咯咯大笑起来，母亲也忍不住笑了。

我觉得小姨的手臂是那么柔软，我心里默默地说："小姨，小姨，我有多爱母亲，就有多爱你！"不由得将脸贴在了小姨的手臂上……

一天，母亲和小姨下班后，都闷闷不乐。原来，小姨转正了，而母亲，却因为精简临时工，被打发回家，第二天就不准上班了。看得出，母亲心中很难过，很失望，自尊心也受到了很大的挫伤。

我心中也很难过，很忧郁。穷困的生活使我懂事早，知道母亲失去了工作对家庭的生活意味着什么。

小姨对母亲说："大姐，你太老实了！你哪天干活比别人干得少了？那么多藏奸掖猾的人都转正了，为什么偏偏一句话就把你打发回家了？这不是明摆着欺负人吗？我明天替你找他们讲理去！不让你转正，我也不干了！"

"我不许你为我去抱这个不平！"母亲很严厉地说。母亲还是头一次用那么严厉的语气对小姨说话。

小姨呆住了，怔怔地瞧着母亲。

母亲缓和了语气，又说："傻妹子，你从农村到城市来，好不容易找到个工作，如今又转正了，你父母该多为你高兴啊！你可千万不能为我抱这种不平，那样做兴许你也会被解雇了呀！你能转正，大姐我心里替你高兴啊……"母亲说不下去了。

"大姐！……"小姨忽然扑在母亲怀中，嘤嘤地哭了……

小姨转正后不久，便搬到厂内的职工集体宿舍去住了。对小姨的走，我们和母亲都依依不舍。但想到小姨毕竟是搬到一个比我们家更好的去处，就都不说挽留的话了。

六

小姨也对我们和母亲依依不舍。搬走那天，她又孩子似的哭了一通……

小姨虽然从我们家搬走了，却并没有忘记我们。几乎每个星期天，都必定到我家来。小姨仍是那个我们比亲姨还要亲的小姨。

父亲信中说那一年夏天探家，却一直到国庆节的前两天才回来。回来后，自然从我们口中听了许多"小姨"长"小姨"短的话，免不了就盘问母亲："你打哪儿认这么个妹子？怎么就成了孩子们的小姨了？"

母亲回答："这又不花你的费你的，也得受你管吗？"

父亲正色说："当然要管，我可不许什么不相干的女人到我家里来影响我的孩子！"

母亲也正色说："往好的影响也不许吗？"

父亲说："只要我看她不顺眼，就不许她来！"

母亲说："若来了，你还真将她撵出去不成？"

父亲说："那是当然！"

母亲说："你问孩子们答应不？"

父亲说："哪个孩子还敢拦着我吗？"

母亲"哼"了一声，不再同父亲拌嘴。私下里吩咐我："今晚去你小姨那儿看看她，告诉她这个月内别来，等你爸回西北去了再来。"

吃罢晚饭，我躲过父亲的眼睛，离开了家。

"为什么不让小姨见你们的爸爸呀？他三头六臂怪吓人的吗？"

小姨听我说明来意，奇怪地瞧着我问。

我诚实地回答："妈妈怕爸爸不喜欢你，你去了，把你撵出来。"

"这么回事啊……"小姨想了想，说，"那你回去告诉你妈妈，我不去就是了。"

小姨还要留我玩。我怕回去太晚父亲盘问，匆匆走了。

没想到第二天一大早，小姨穿了件非常漂亮的花布衫，一条绿色的裙子，笑盈盈地出现在我家门口。

母亲正要出屋，一脚门里，一脚门外，瞧见小姨，不禁一怔，意外地说道："哟！你怎么来了呀？！"

"我大姐夫千里迢迢地探家了，我来看看他呀！"小姨说着，就迈进了屋。

母亲也赶紧随后跟进了屋。

弟弟妹妹们一见小姨，亲亲热热地乱嚷着："小姨、小姨……"将小姨团团围住了。

父亲正在对着破镜子刮脸，从镜子里瞧见了小姨，也不转身，也不理睬，仍继续刮脸。

母亲说："他爸，孩子们小姨来了。"

爸爸不得不"嗯"了一声，还是不朝小姨看一眼。

母亲只好以自己的热情冲淡父亲的冷漠，将小姨轻轻按坐在炕上，接过她手中的提兜放在一旁，责备地说："又给孩子们买东西！你挣多少钱啊？一次次地破费！"

小姨笑道："大姐，这次可不是给孩子们买的，是给我大姐夫买的。"

父亲已刮完了脸，收起刮脸刀，还是一句话也不对小姨说，端着脸盆到外屋洗脸去了。

母亲又赶紧跟在父亲身后到外屋去了。

我们都不安地瞧着小姨。

小姨却快乐地和我们逗着笑着。

一会儿，我瞧见母亲在外屋推了父亲一下，将父亲推进屋来。

父亲被推进屋后，坐在炕沿上，不情愿地搭讪着对小姨说了一句："今天休息？"

"嗯。"小姨停止了和我们逗闹，瞧着父亲，微微一笑，说，"大姐夫，我看你也不像个脾气厉害的人呀！"

父亲说："谁讲我是个厉害人了？"

小姨说："大姐呗，她担心我来了，你会把我撵出去。"

父亲说："没影的事儿！"

小姨说："我寻思大姐夫也不会这么对待我嘛！"

小姨又问："大姐夫，你从西北回东北，坐几天火车呀？"

父亲说："三天三夜。"

"西北风沙大吧？"

"大得很，能把人刮跑了！"

"冬天也下雪吗？"

"下雪。"

"听说西北缺水？"

"再也没有比西北缺水的地方了！我们运水的汽车前边走，老牛跟在后边，用舌头舔水箱，一跟跟出去十几里，渴得老牛见了水直淌眼泪。有的老牛活活渴死了，因为身体里没水分，牛皮都扒不下来……"

说起大西北，父亲的话匣子打开了，谁想拦也拦不住，滔滔不绝。

小姨就瞪大着眼睛，像听什么新奇故事似的，聚精会神地听着……

那一天，父亲并没有把小姨从家里撵走。那一天，小姨在我们家吃了午饭，又吃晚饭，一直待到天黑才回去……

小姨走后，父亲对母亲说："她小姨人还不错，挺实在个农村姑娘。"

母亲没好气地说："实在不实在，用不着你夸！"

父亲低下头，嘿嘿地笑了……

父亲回大西北去时，还将自己戴的一块旧手表送给了小姨。

小姨来到城里一年多后，脸儿变得白了，眼睛变得亮了，更爱笑了，性情更温柔了，身材更窈窕了，变得更漂亮了，铁丝工厂的一些小伙子，常常拦住我嬉皮笑脸地问："哎，小家伙，经常到你家来的那个大辫子是你什么人呀？"

我不无骄傲地回答他们："是我小姨呗！"

"你问问她，让我做你的姨夫行不行？"

我听不出是不是好话，就骂他们。他们倒不恼火，反而哈哈笑。铁丝厂的几百名年轻女工，在我看来，哪个也比不上小姨好看。我认为，我当然有充分的理由在别人面前骄傲骄傲了。

七

记得那是第二年初夏的一个星期天，小姨又到我家来。穿了一件崭新的府绸衫，一条卡其布裤子，一双新皮鞋。那天她显得尤其漂亮。小姨从不过分打扮。即使花衣服穿在她身上，也显得朴朴素素的。

母亲一声不响，若有所思地看了她许久。

小姨被母亲看得有些难为情起来，勾下头低声问："大姐，你这么呆呆看我干啥呀？"

母亲说："我瞧你是越来越好看了。"

小姨缓缓抬起头，说："以前别人说我好看，我不信。现如今我自己也觉得我是好看些了！"

母亲说："自己夸自己，羞不羞？"

小姨说："本来嘛，城里洗脸，用温水，使香皂，人还能不变得白白净净的？"

母亲笑道："可也是呗！"忽然又问，"你前次回家，莫不是回去定亲的吧？"

小姨倏地红了脸，大声说："才不是呢！才不是呢！"

母亲说："是不是的，我也管不着你！"

小姨说："怎么管不着？你是我大姐，我是你妹子嘛！"

母亲说："那我问你，你是想在农村找婆家，还是想在城里找婆家呀？"

小姨见母亲问得认真，低头沉思默想想了一会儿，反问母亲："大姐你说呢？"

母亲说："当然是该在城里找了。你如今是城里人了嘛！工厂不是也替你将户口落下了吗？"

小姨点点头。

母亲说："那就更该在城里找了！"

小姨说："大姐我听你的。"

母亲又说："只是我希望你若看中了什么人，能领来让大姐见一面，帮你参谋参谋。大姐毕竟比你多吃了几年盐，什么样的男人，打眼一看，就能看出人品好坏来的。"

小姨低下头，许久不作声。

母亲问："你信不过大姐？"

小姨又沉默了一会儿，低声说："大姐你说，一个男人对一个女人真好假好，怎么才能知道呢？"

母亲思索了片刻，问："你八成是看中哪个男人了吧？"

小姨抬起头，连连分辩："没有，没有。"

母亲说："一个男人对一个女人真好假好，别人是没法看出来的，只有这个女人心里最清楚啊！"

小姨又低下头不说话，出起神来。

到了秋季，连日暴雨，松花江水位猛涨，高出市面几米。那一年的水患，是一九二六年后的又一次严重水患。幸亏防洪工作做得早，大水没有灌入市区。全市的成年人，不分男女，都被紧急动员起来，昼夜分批奋战在各处防洪大坝上。有许多日子，小姨没到我家来，母亲说，她必定是参加抗洪了。

中秋之夜，许许多多的人是在防洪大坝上度过的。

江洪终于被战胜了。

母亲说，小姨过几天就会来了。

我们和母亲都在殷切地盼望着。一个多月没见小姨，我别提有多想她。

江洪虽然被战胜了，秋雨却没有停止。

一天深夜，外面风雨交加，雷声不断。闪电透过低矮倾斜的窗格子，在我们的破屋子里闪耀出一瞬瞬的光亮。我们和母亲都已躺下了，但还没有入睡。忽然，我似乎听到了轻轻的敲门声。

我说："妈，有人敲门。"

母亲说："深更半夜的，哪会有人来！"

我肯定地说："妈，是敲门声，你听！"

母亲侧耳倾听了一会儿，果然是敲门声。

母亲却不敢下地去开门。

敲门声又响起了。

"大姐！"

我们都听出了是小姨的声音。

"快！"母亲一下子坐了起来。

我已迫不及待地跳下地去开了门。

果然是小姨，她没撑雨伞，也没穿雨衣，浑身上下淋得湿漉漉的。她的脸色那么苍白，衣服裤子沾满了泥浆，显然是滑倒过的。

母亲也披着衣服下地了。

弟弟妹妹都醒了，我们和母亲愣怔地瞧着小姨。

"你……你怎么突然……"母亲吃惊极了。

小姨直挺挺地站在母亲面前，手中拎的包袱，像刚从水里捞出来的一样，沉重地坠着她的手臂。雨水顺着发缕，顺着苍白的脸颊，顺着贴住胸脯的衣襟往下淌，顷刻在她那双泥鞋旁淌了一片。她那双眼睛，仿佛也被雨雾罩住了，目光迷惘地、定定地看着母亲。

"大姐，你……还收我……住下，行吗？"从她那两片冻得发紫的嘴唇之间，滞涩地输送出这么一句话。

"有什么不行的！快，先把湿衣服换下来。"母亲立刻拉着她的一只手，将她引到了外屋。接着，母亲又走回里屋，打开破箱子，挑拣了几件自己的衣服，抱着被褥枕头，又到外屋去了。

"跟同宿舍的人吵架了？"我们在里屋听到母亲低声问。

"大姐！"随后听到了小姨的哭泣。

"受欺负了？都二十多岁的大姑娘啦，住集体宿舍不同于住在自己家里，事事要宽宏大量嘛！"

小姨的哭声很低很低，却令我听了心碎。

那一夜，母亲便陪小姨睡在外屋。

第二天，小姨病了。高烧中偶尔说一句我们听不清楚也无法理解的呓语。

第三天，雨停了。来了两个小姨厂里的领导，说是要向母亲了解一些有关小姨的情况。母亲将我们一个个从里屋赶出来，关上门，在里屋和他们说了半天。

八

母亲送他们走时，脸色很阴沉。从外面进屋，先站在小姨铺前，怔怔地瞧了一会儿熟睡中的小姨，慢慢转过身又独自发呆。接着抓起块抹布，心不在焉地抹抹这儿、擦擦那儿。忽然对我说："绍生，你好好在家照看你小姨，我去请街头私人诊所的王老中医来。"

不大一会儿工夫，母亲将王老中医请来了，见我们守在小姨铺前，无缘无故冲我发起火来，大声训斥："还不出去！"

我看得出母亲心里极烦，乖乖地退了出去。

王老中医走后，我和弟弟妹妹们还不敢进屋，就从土埋半截的窗子外面偷偷朝屋里窥视，见母亲正一只手扶着小姨的肩，一只手端着水杯，几乎是用命令的语调说："红糖水，喝下去。"

小姨喝了那杯红糖水，母亲扶她躺下，坐在铺边，瞧着她的脸，冷冷地问："刚才你们厂里的领导来过了，你知道？"

小姨的头在枕上微微摆了一下。她好像接受审问的人一样，目光又诚恳又羞愧地望着母亲。

"几个月了？"

"三个多月了。"

"你竟骗了我！"

"……"

"你瞒过了我的眼睛，能瞒得过别人的眼睛吗？能瞒多久哇？！"

"……"

"说，是什么人的？"

"……"

"说话呀！"

"……"

"你哑巴啦？"

"大姐，我不能告诉你。我谁也不能告诉。"

"你……"母亲生气了，倏地站了起来。随即忍气坐下，又问："好，我也不想知道这个人的尊姓大名，那你们事到如今，为什么不结婚？"

"……"

"他……要撇了你？"

小姨的头又在枕上轻轻动了一下。

"那么难道……是你不愿意？！"

"……"

"你给我说话！"

"大姐，我不能和他结婚了……"

"什么？你肚子里怀上了孩子，你倒说不能和他结婚了！"

"大姐，你别追问了！"小姨闭上了眼睛，两颗很大的泪珠，从她脸上滚落下来。

"我要问，问个一清二楚！你爹当初是如何把你托付给我的？难道你忘了吗？"母亲又动气了，"你要不说，你就离开我家！我不能让人指我的脊梁骨，说我收留了个大姑娘，在我家生下个不明不白的孩子！"

小姨又睁开眼睛，噙泪望着母亲，说："大姐，你放心，我病好点，就走……绝不连累你的名誉。"

"走？你往哪儿走？"

"没有去路，还有死路！"

小姨轻轻往上扯被子蒙住了头。我看见被子在微微耸动着。

"唉……"母亲长长地叹了口气，又是怜又是恨地说，"你呀你，你这都是为了什么呀？！"轻轻掀开被角，用手掌心去擦小姨脸上的眼泪。

小姨始终不肯说出那个男人是谁。

小姨被厂里开除了。

母亲却并未因此而把小姨赶走。

小姨在我们家里生下一个小女孩。

女孩刚刚满月,小姨的父亲就从农村来了,将小姨和孩子一块儿接走回农村去了。

母亲那一天怀着无比的内疚对小姨的父亲说:"大伯,我对不起你……"

小姨怀中抱着孩子,一步步走至母亲面前,双膝同时一屈,给母亲跪下了。她仰起头望着母亲,泪流满面,想说什么话,嘴唇抖抖的,却一个字也没说出来。

母亲扶起她,也想对她说什么,也是嘴唇抖抖的,一个字也没说出来。

母亲一转身走入屋里,再没出来。

是我将小姨父女送到了火车站。火车开走后,我望着远去的火车,感到我心中最美好的东西也被火车带走了。

回到家里,我发现母亲的眼睛哭红了……

不久,小姨来信,说她可能做村里的小学教师,我和母亲都为此减少了一些替她感到的忧郁。

几个月后,小姨又来了一封信,说是当小学教师的事不成了……

往后,小姨和我们家也就只有书信来往了。

我升初中那年,小姨又从农村来我家住了半个多月,带着孩子。那女孩已经五岁了,一张小嘴很甜却面黄肌瘦的。母亲很疼爱这没父亲的孩子,有口好吃的,总要留给她吃。那正是三年困难时期,家中也谈不上有什么好吃的。两掺面的馒头,就是很馋人的东西了。

小姨却明显地老了，仿佛有三十多岁了。穿的也是打补丁的旧衣服，满面愁容。半个多月内，几乎就没见她露过笑脸。

母亲曾私下里劝小姨再找个男人。

小姨瞧着她的孩子，凄然地说："大姐，我眼下没这心思，等把孩子拉扯成人再考虑吧。"

母亲说："傻话，那时哪个像样的男人还会讨你？趁现在还算年轻，赶快找个男人吧，也能帮你把孩子拉扯大。"

小姨沉默许久后，低声说："只怕找个不通人情的后爹，会给孩子气受。"

母亲急躁了："哪个又是孩子的亲爹呀！但凡是个有良心的男人，能把你们母女俩撇下了不管吗？"

"大姐，你别那么说这个人吧……"小姨几乎是在请求。母亲便忍住许多要说的话不说了。

九

我们家的日子也很艰难，小姨不忍心分我们全家的口粮吃，半个月后就带着孩子回农村去了……

从那一年至今，已整整二十三年了。我下乡，上大学，落户北京，就再也没见到过小姨了……

回想起这些往事，我对小姨充满了深深的同情，并且对那个造成小姨一生如此悲凉命运的，仿佛只一度存活在小姨心灵中的男人，充满了强烈的憎恨。我从哈尔滨到北大荒，从北大荒到上海，从上海到北京，在生活的道路上匆匆地奔来赴往，几乎就将小姨忘却了。只有弟弟妹妹们在来信中提及小姨，才使我想起这个与我们的家庭虽没有任何血缘关系，却是除母亲以外唯一使我们感到最亲近的女人。即使想起她，也是想起了那个抱着刚满月的孩子，双膝跪在母亲面前的，脸色苍白、两目盈泪的小姨。当时的离别情形，给我留下的印象是太深了。如今听母亲讲，小姨已是不久于人世之人了，我对小姨的思念，油然而增强起来。

第二天，我本想就到双城去看小姨，却来了两个中学时期最要好的同学。他们是到家里来请人去帮忙安装土暖气的，意外地见到我，自然就聊了起来，误了火车时刻。

第三天，我生怕再被什么人耽搁在家中，一清早便离家，赶上了去双城的郊区火车。

小姨家所在的村子竟是个大村，有百户人家以上。新盖的砖房不少，有些人家连院落围墙也是砖的。足见农民们的生活是比过去富裕多了。

我向几个村人询问小姨家住哪儿，都摇头说不知道有这么个人。我只好又说出"小姨"的名字，他们才恍然大悟，纷纷说："原来你要找秀秀她妈呀！"一个姑娘便主动引领我。

路上，她问我："你从天津来？"

我反问："为什么你以为我从天津来？"

"秀秀在天津读大学嘛！你和她是同学？"她用一种猜测的目光看我。

我说："我从哈尔滨来，秀秀是我表妹，她妈是我姨。"

"是吗？这我可从来不知道……"她那猜测的目光就转而变成了研究的目光，上下打量我，好像要把我"研究"透彻似的。

姑娘引我走入一个破败的院落，说："就住这儿！"那房子，很久未修缮了，与周围的变化极不协调。我犹豫了一下，走了进去。

一位中年女人在炕间熬药，惊奇地扭身看着我，问："你找谁？"

我说："我从哈尔滨来，看我小姨。"

她"啊"了一声，说："快进屋吧，我知道你是谁了，她天天念叨你呢！"

走入里屋，见小姨躺在炕上，一副气息奄奄的样子。她怔怔地瞧着我。

"小姨！"我情不自禁地叫道。

"是……绍生？！……"小姨便要挣扎起身，却是挣扎不起。

我立即走到炕边，轻轻按住被子，不使她动。

小姨拽住我的一只手，眼中落下泪来，说："想不到我还能活着见你一面……"

那女人，是小姨家的邻居，受村人的委托，天天来照料小姨的。我向她道过谢，她就走了。

她走后，小姨用手轻轻拍着床边。她那只手很枯瘦，皮肤也很粗糙，呈鳌黑色。她已病得连抬手的气力都几乎没有了，手臂像死肢似的贴在炕上，连手腕也看不出在动，只有僵曲的手指抬起，落下……这双手曾多么温柔地爱抚过我啊！

也许只有我才能明白她的意思，我轻轻走到炕边，坐了下去。

她那只手抓住了我的手，抓得那么紧，仿佛她全身最后的力量都集中在她那只手上了，就像一个唯恐被单独留在家里的孩子，紧紧抓住母亲的手不放一样。

我心中一阵酸楚。

我注视着她的脸，想要在这张脸上寻找到我童年和少年时期的记忆，想要重见昔日的美。哪怕是一点点美的余韵，小姨她不过才四十多岁啊！这张脸曾在我还是一个男孩子的时候，使我初次懂得了什么叫羞愧，也使我初次懂得了什么叫美好。然而这张脸如今却苍老得使我根本认不出来了，浮肿，灰黄，目光无神，头发稀少得可怜。

"我的样子……是不是……很……难看？……"小姨用微弱的声音问，无神的目光，凝视在我脸上。

"不，小姨，你别这么说。你……会好起来的……"我转过脸去，不忍再望着她。

"我会好起来？……也许……我想，我也不会就这么……就死了……"她微笑了一下，像阳光在枯叶上的一抹闪耀。

几只母鸡器宇轩昂地逛进屋里，仿佛它们才是这间屋子的主人，目中无人地东刨一下，西啄一口。

小姨又开口说："你……替我……喂喂鸡……外屋粮箱里……有米……"

我便起身将鸡唤到院子里，一边机械地撒米，一边又想到了那个仿佛隐藏在小姨可悲命运的阴影之中的男人，并为自己也是一个男人感到罪孽深重。

突然听到屋里一阵响动，我慌忙走进屋去，见小姨倒在地上，地上一片水，毛巾和香皂浸在水中，脸盆却滚到了墙角。

我慌忙将小姨扶起来，抱到炕上。她的身体竟瘦得那么轻！衣服也湿了，一只手还抓着湿毛巾。

"我的样子……一定……很难看……我……想洗洗脸……洗洗……头……"小姨那苍灰的脸上竟因羞愧出现了红晕。一个女人的自尊心，无比强烈地震动了我的灵魂。啊！我的小姨啊！

十

我不知说什么好，任何语言都不能准确表达我当时复杂的情感和思想。我默默捡起脸盆，捡起香皂和小镜子。镜子，已经碎了。

我重新兑了一盆温水，放在炕边。我坐在炕边，将小姨的头枕在我的膝上，一声不响地给这个我小时候曾非常敬爱过的女人洗了脸,洗了头。我这样做,觉得我仿佛是在向这个女人偿还什么。可这又是多么微不足道的偿还!泪水,从小姨的眼角溢了出来,也从我的眼角溢了出来……

当我重新坐在床边,注视着小姨的时候,她又轻轻抓住了我的手,说:"想……听我告诉你吗?"

我低声问:"小姨,你要告诉我什么?"

"告诉你……当年……那件事……"

我一时不知如何回答,只微微点了一下头。

"我爱过。"小姨说。那声音里,有一种满足,一种我简直无法理解的幸福之情。

"我爱过。"她重复地说,"我……知道,你,你母亲,你们全家,包括秀秀,我的女儿,都恨他,恨我爱过的那个男人……可是,我不恨他。我一点儿也不恨他。他是爱我的。我多爱他,他就有多爱我……"小姨的话,竟说得连贯起来。

"他那样真心实意地爱过我,我死了也知足了。你已经是个大人了,你懂得,一个男人如果真心实意喜欢一个女人,会爱这个女人到什么程度……他是一个复员军人,参加过抗美援朝,还立过……一次二等功。当年,他是个预备党员,是我们那批转正女工的领队。大家都说他人品好……你母亲要是见过他,也一定会说他是个好男人的。我和他当年真……孩子气啊!我们有意瞒着你母亲,一是怕她为我们的婚事操心,二是想使你母亲意想不到。所以我们决定,结了婚再双双去看你母亲,想让她光为我们高兴，半点也不必费心替我们张罗。我们真像两个孩子啊！我们不但瞒着你的母亲，还瞒着所有的人，偷偷相会，偷偷相爱……

"后来，他参加了抗洪。中秋节那一天，同宿舍的其他女工，都回家和家人们团圆去了。我一个人留在宿舍里，很孤单。他来了，我高兴得什么似的。我希望他陪我度过那一天，他却说不行，他得参加抗洪。我说：'你不是已经参加过了吗？这一批没有你呀！'他说：'你别忘了，我是预备党员呀！'我怪不高兴的，说他心里压根儿没有我。他呢，就光是憨厚地笑，笑得我也不忍心再生他的气了。他这个人话不多，从来也没对我说过他有多么多么爱我的话。但我知道，我感觉得到，他是非常爱我的。他整个心里只装着我一个女人。你母亲说得对，一个男人爱不爱一个女人，只有这个女人心里最清楚。我心里清楚，他是一片心地爱我。我见他衣服上缺了一颗扣子，就翻出一颗，要给他钉上。他不让我钉，我偏要给他钉上……你不知道他有多高大呢，我在他面前，就像一个孩子似的。当时我真是幸福哪！刚钉了两三针，外面就敲起了锣，有人喊：'抗洪的马上出发了！车一刻不等啊！'他一听，就急急忙忙站起来，从衣服上揪下那颗没钉牢的扣子，塞在我手里，要往外闯。我一把扯住他的袖子，拿出两块月饼，揣进他的两个衣兜里。他临出门，亲了我一下……世界上如果有一个人能真心实意地爱我，和我白头到老，那一定就是他了，在我和他相好以前，我从没接近过别的男人。我一辈子就只爱过一个男人，就只爱过他。当时我已经把自己给了他，因为我就要是他的女人了，他就要成为我的丈夫了，所以我一点也不觉得在人前心中有什么羞愧。可是……他为了堵坝，淹死了……听人说，两块月饼死后还在他衣兜里，一口也没吃……

"他成了人人敬仰的烈士，被追认为共产党员，厂里为他开了追悼会，许许多多的人都痛哭了。许许多多的人都表示要向他学习。他的照片还登在了报上，他的事迹也登报了。防洪纪念塔落成的那一天，市长还在讲话中提到他的名字，说他的名字将永远活在全市人民心中，我当时哭得眼睛都肿了，可是没有一个人知道，我已经怀孕三个多月了，那孩子就是他的，因为许多别的人，凡是认识他的，不论男人女人，也都和我一样，在流泪，在哭……我站在人们中间，暗暗发誓，我要永远永远不对人们说出我肚子里的孩子是谁的……"

小姨讲述到这里，缄口了。她凝眸望着屋顶。她的脸像雕塑，毫无表情。而她的话语，讲得一句连一句。仿佛这些话语，她已在心中对自己讲了不下几百遍了。这个女人用极低的声音说的这些话，充满了人世间最圣洁、最真挚的情感！也许正是这种情感的作用，才能使她在气息奄奄的情况下，如此连贯地讲了这么许多话！

我和小姨都陷入了沉思默想。我的心灵像一条鱼，在这沉默之中，一忽儿潜入幽暗冰冷的渊底，不知自己身在现实还是身在幻境；一忽儿浮升起来，感受着阳光透过水波的温暖和辉照……

一种类似参加最亲爱的人的丧事的悲凉，在我心中弥漫！

小姨终于又开口说："要是在今天，我还是当年的我，我也许，不会向人们隐瞒这件事。可是当初，我不能够，我怎么能够……他那么爱我，我那么爱他，我不能对不起他……你，把那个箱子打开……"

我起身打开了炕角的一个旧箱子。

十一

"把箱里那个小铁盒……拿来。"那是一个车床工们装工具的小铁盒。我将它捧到了小姨跟前。小姨从手腕上捋下钥匙，打开了它。"你看吧……"她说。那目光仿佛在告诉我——我没骗你，没讲一句假话，真的！

小盒里，放着一张叠起来的已发黄的报纸，上面，是一颗黑纽扣，带着一条线……

小姨又说："多少年来，各种各样的人，总想从我口中问出这件事，我一个字也没吐露过。如今，再没人问我了，可我……可我……我倒非常想对人说，只对一个人说，让这个人明白。为什么呢？都隐瞒了那么多年了……我也不知道自己是怎么了……"

我说："小姨，我明天就带你回哈尔滨！我妈妈非常非常想你啊！弟弟妹妹们都非常非常想你啊！"

"哈尔滨……"小姨脸上闪耀出一种光彩，她说，"我也想你们全家的人。明天吗？"

我点点头，大声说："是的，明天……"

"好……"她又笑了，喃喃地说，"我的病情，是瞒着秀秀的。这孩子正在准备考研究生，我怕……分了她的心……耽误了孩子……以后的前程。北京……离天津近……我……将秀秀托付给你了……"

我真想哭。可是我已经许久许久没有哭过了。这并不意味着我的心麻木了。不，人的种种心愿还在这心中深深隐藏。只是，我已经似乎不会再哭了。

可是我当时多想哭啊！

天黑后，我在小姨身旁守到很晚，才去外屋睡下。我守在她身旁时，她似乎是知道的，却再也没有对我说什么，只是用她的手，轻轻抓住我的手，闭着眼睛，脸上呈现着那么一种获得极大安慰的表情……

第二天上午，小姨死了。她脸上仍保持着那种获得极大满足的表情，一种幸福的、安宁的、无憾无怨的表情……

我将那颗黑纽扣带回了北京，放在妻子装耳环的一个精巧的小盒里，摆在书架上。为了使自己能经常看见它，想起小姨。我知道，我将永远珍存它，却不会再打开那小盒，更不会将它出示给任何人看——那颗黑纽扣……

王妈妈印象

写罢《茶村印象》，意犹未尽，更想写友人的母亲王妈妈。

王妈妈今年七十七岁了。

我第一次见到她，是在她家门口。当时是傍晚，她蹲着，正欲背起一只大背篓到茶集去卖茶。

茶集不过是一处离那个茶村二里多远的坪场，三面用砖墙围了，朝马路的一面却完全开放，使集上的情形一目了然。茶集白天冷冷清清，难见人影。傍晚才开始，附近几个茶村的茶农都赶去卖茶，于是熙熙攘攘，热闹得很。通常一直热闹到八点钟以后，天光黑了，会有许多灯点起来，以便交易双方看清秤星和钱钞。那一条路说是马路，其实很窄，一辆大卡车就几乎会占据了路面的宽度，但那路面，是水泥的，较为平坦。它是茶农们和茶商共同出资铺成的，为的是茶农们能来往于一条令人心情舒畅的路上。所幸很少有大卡车驶过那一条路。但在茶农们卖茶的那一段时间里，来往于路上的摩托、自行车或三轮车却不少。当然更多的是背着满满一大背篓茶叶的茶农们。他们都是些老人，不会或不敢骑车托物了，只有步行。一大背篓茶对于年轻人来说并不太重，二三十斤而已。但是对于老人和妇女，背着那样一只大背篓走上二三里地，怎么也算是一件挺辛苦的事了。他们弯着腰，低着头，一步步机械地往前走。遇到打招呼的人偶尔抬起头，脸上的表情竟是欣慰的。茶村毕竟也是村，年轻人们一年到头去往城市里打工，茶村也都成了老人们、孩子们和少数留守家园的中年妇女们的村了。这一点与中国其他地方的农村没什么两样。见到一个二三十岁的男人或女人，会使人反觉稀奇的……

事实上，当时王妈妈已将背篓的两副背绳套在肩上了，她正要往起站，友人叫了她一声"妈"。

她一抬头，身子没稳住，坐在地上了。

我和友人赶紧上前扶她。自然，作为儿子的我的友人，随之从她背上取下了背篓。她看着眼前的儿子，笑了。微微眯起双眼，笑得特慈祥。

她说："我儿回来啦！"——将脸转向我，问："是同事？"友人说："是朋友。"

她穿一件男式圆领背心，已被洗得过性了，还破了几处洞；一条草绿色的裤子，裤腿长不少，挽了几折，露出半截小腿；而脚上，是一双扣襻布鞋，一只鞋的襻带就要断了，显然没法相扣了，掖在鞋帮里。那双鞋，是旧得不能再旧了，也挺脏，沾满泥巴（白天这地方下了一场雨）。并且呢，两双鞋都露脚趾了……

我说："王妈妈好。"——打量着这一位老母亲，倏忽间思想起我自己的母亲来。我的老母亲已过世十载了，在家中生活最困难的时期，那也还是会比友人的这一位老母亲穿得好一些。何况采茶又不是什么脏活，我有点儿不解这一位老母亲何以穿得如此不伦不类又破旧……

然而友人已经叫起来了："妈你这是胡乱穿的一身什么呀？我给你寄回来的那几套好衣服为什么不穿？我上次回来不是给你买了两双鞋吗？都哪儿去了？……"

友人的话语中，包含着巨大的委屈，还有难言的埋怨。显然，他怎么也没想到他的母亲会以那么一种样子让我看到，他窘得脸红极了。须知我这一位友人也是大学里的一位教授，而且是经常开着"宝马"出入大学的人。

他的母亲又笑了，仍笑得那么慈祥。

她说："都在我箱子里放着呢。"

"那你怎么不穿啊？"

当儿子的都快急起来了，跺了下脚。

"好好好，妈明儿就穿，还不快请你的朋友家里坐啊！……我先去卖茶，啊？……"

我对友人说："咱俩替老人家去卖吧！"

但是王妈妈这一位老母亲怎么也不依。既不让我和她的儿子一块儿去替她卖那一大背篓茶叶，也不许她的儿子单独去替她卖。我和我的友人，只得帮老人家将背篓背上，眼睁睁地看着身材瘦小的老人家像一只负重的虾米一样，一步步缓慢地离开了家门前……

友人问我："你觉得有多少斤？"

我说："二十几斤吧。"

友人追问："二十几斤？"

我说："二十五六斤吧。"

他家门前，有一块半朽未朽的长木板，一端垫了一摞砖，另一端垫了一块大石头，算是可供人在家门前歇息的长凳。

友人就在那木板上坐下去了，默默吸烟。我知他心里难受，大约也是有几分觉得难堪的，就陪他坐下，陪他吸烟。

这时，友人的脸上淌下泪来了。

他说："上个月我刚把她接到我那儿去，可住了不到十天，她就闹着回来，惦记着那不到一亩的茶秧。她那么急着回来采茶，我不得不给她买机票，坐飞机能当天就回来啊！可从广州到成都，打折的飞机票也九百多元啊！还得我哥到成都机场去接她，再乘长途汽车到雅安，再从雅安坐出租车到村里，一往一返，光路费三千元打不住。她那几分地的茶秧，一年采下的茶才卖二千多元。她就不算算账！这不，回来了，又采上茶了，才活得有心劲儿了似的……"

我说："那你就给老人算一算这笔账嘛。"

他回答："当然算过，白算。我们算这一种账，在我母亲那儿根本就不走脑子。关于钱，一过千这么大的数，她就没意识了。她只对小数目的钱敏感，而且一笔笔算起来清清楚楚，从没糊涂过，谁想蒙她都不容易。还对小数目的钱特亲。比如这个月茶价多少钱一斤，下个月多少钱一斤，那么这个月几天没采茶，等于少挣了多少钱……"说到此处，苦笑。

我说："那你以后就把花在路费方面的钱寄回呗。"

友人说，那寄回来的钱对于他的老母亲就只等于是一个数字，她会直接把钱存在银行里，连过手都不过手。说自己当教授了，住上宽敞的房子了，有了私家车了，不将老母亲接到城市里享享福，内心不安。说他老母亲第一次到深圳的日子里，他曾驾车带着他老母亲到海滨路上去度周末，也像别人一样将塑料布铺于绿地，摆开吃的喝的，和老母亲共同观海景，聊天。可老母亲却奇怪于城里人为什么偏偏将那么一大片地植树了，种草了，而不栽上茶秧？栽茶秧那能解决多少人的挣钱问题啊！进而大为不满地批评城里人的罪过，不知土地宝贵，浪费大片大片的土地简直像不在乎一张纸一样。又觉得城里人太古怪，难以理解，待在家里多舒服，干吗都一家家一对对跑到海边傻坐着？海边再凉快，还能比有空调的家里凉快吗？说那一次老母亲在他那儿住的日子还长久些，因为在大都市里发现了生财之道——一个空塑料瓶两分钱，易拉罐三分钱，纸板三角钱一斤，她觉得比采茶来钱容易多了。说那是老母亲唯一愿意向城市人学习的地方，也是对大都市的唯一好感。还因为捡那些东西，和"同行"发生了口角。而他，只得向老母亲耐心解释，捡那些东西的人，是划分了街区领地的。在别人的街区领地捡那些东西，就是侵犯了别人的利益。别人对你提出抗议，抗议得有理。你跟别人吵，吵得没理。老母亲却振振有词地反问，他有政府发的证书吗？如果没有，凭什么说那些街区是他的"领地"呢？依她想来，既然拿不出类似政府发给农民的土地证一样的证书，凭什么只许自己捡，不许别人捡呢？而他就只得更加耐心地向老母亲解释，尽管对方并无证书，但那是"潜规则"。"潜规则"相互也是要遵守的。解释来解释去，最后也没能使老母亲明白究竟什么是"潜规则"、为什么"潜规则"对人也具有约束性……老母亲离开的前一天，他家阳台上已堆满了空塑料瓶等废弃物。他想通知收废品的人上门来收走，可老母亲不许，因为人家上门来收，一个塑料瓶子就变成一分钱了，废纸也变成两角一斤了。在老母亲那儿，账算得"倍儿"清——一个塑料瓶等于卖亏了百分之五十；一斤废纸板等于卖亏了百分之三十；合计卖亏了百分之八十！他说，妈，账你也不能这么算，并不是你原本该卖得十元，结果亏掉了八元，就剩两元了。老母亲说，你别跟我拌嘴！百分之五十加百分之三十，怎么就不是亏了百分之八十呢？你当儿子的，不能拿我的辛苦不当辛苦，我捡了那么一阳台我容易吗我？于是伤心起来。我的朋友这个当儿子的，只得赶紧认错。接下来乖乖地将阳台上的废品弄出家门，塞入他那辆刚买的"广本"，再带上老母亲，分两次卖到废品收购站去。老母亲点数总计二十来元钱，顿觉是一笔大收入，这才眉开眼笑……

友人问我："如果请收废品的上门来收走，是等于卖亏了百分之八十吗？"

我说："当然不是。百分之百减去百分之三十剩百分之七十，加上塑料瓶的百分之五十，是百分之一百二十……"

友人奇怪了："少卖钱是肯定的，怎么也不会成了百分之一百二十吧？"

我愣了，自知我的算法也成问题，陪着苦笑起来……

友人的老母亲卖茶叶回来了，一脸不快。

当儿子的问她卖了多少钱。

她说："儿子你还不知道吗？这个季节大叶子茶更不值钱了，才卖了九元三角钱；辛苦了一白天，到手的钱居然还不够一个整数。"她是得快快不乐。

吃晚饭时，老人家在自家的太阳能洗浴房里冲过了澡，翻箱倒柜，换上了一身体面的衣服。我的友人，他的哥哥嫂嫂都说，老人家纯粹是为我这一位远道而来的客人才那样的。

老人家说是啊是啊，多次听晓鸣跟她谈到过我，早知我们情同手足。说好朋友要长久。她相信我和她儿子会是天长地久的朋友，替我们高兴。老人家不断为我夹菜，口口声声叫我"声仔"。

友人对我耳语："我母亲叫你'声仔'，那就等于是拿你当儿子一样看待了。"

我也耳语，问："要不要将我装在红信封里的五百元钱立刻就从兜里掏出来，作为见面礼奉上？"

友人却摇头。

第二天，友人陪我到镇上去，将五张百元钞换成了一百余张小面额的钱，扎成厚厚两捆，在他老母亲高兴之时，暗示我抓住机遇。

我就双手相递，并说："王妈妈，我希望您能认下我这个干儿子。这些钱呢，我也不知是多少，算是我这个干儿子的一份心意，您一定要收下。"

老人家顿时笑得合不拢嘴，连说："好啊好啊，我认我认，我收我收！……"

她接过钱去，又说："看我声儿，孝敬了我这么多钱！真多真多……"

友人心理不平衡地嘟囔："那就多了？才……有好几次我一千两千地给你寄，你也没夸过我一句！"

老人家批评道："你动不动就挑我的理，看我这么也不对那么也不顺眼，他怎么就不说？"我趁机讨好："干妈，以后他再对您那样，我这儿先就不依！"

晚上，我和友人照例同床。那是他父亲生前睡的床，如今是他母亲的床，也是家中最宽大的床，却哪儿哪儿都松动了，我俩不管谁一翻身，那床都发出嘎吱嘎吱的响声。老人家为了我们两个小辈儿睡得好，把那床让给了我俩，她自己睡在客厅里的旧沙发上。

友人向我讲起了他的父亲，以及他的父亲和他母亲的关系。他的父亲曾是乡长，极体恤农民的一位乡长，故也备受农民的敬重；不幸罹患癌症，四十几岁就去世了。他父亲生前，和他母亲的关系一向不好，几乎谈不上有什么夫妻感情。自然，也就有过几次和别的女人的暧昧关系，母亲甚至因此寻过短见。父亲去世以后，母亲一个人拉扯着四个儿女，日子变得朝不保夕。他的妹妹，由于小病没钱治，拖成了大病。水灵灵的一个少女，临死想换一身新衣服美一下，都没美成……

友人嘱咐我，千万不要提他的妹妹，那是他母亲心口永远的痛；也千万不要提他的父亲，那似乎是他母亲永远的怨……

他说："我听过不少父亲们为儿女卖血的事，在我们家里，为供我们几个儿女读书，卖血的却是我母亲。而且像许三观一样，在一个月里卖过两次血。上苍让我母亲活到今天，实在是对她本人和对我们儿女的眷顾……"

茶村的夜晚，万籁俱寂。友人的话语，流露着淡淡的忧悒，绵长的思念，令我的心情也忧悒起来了。并且，令我也思念起了我那没过上几天好日子的老父亲和老母亲……

第二天，王妈妈打发晓鸣（我的友人的名字）到另一个茶村去看望他二姐，却要我留了下来。她不采茶了，让我陪她在村里办点事。

我陪她去了几户茶农的家里，显然是茶村生活仍很贫穷的人家。她竟是一家一户去送钱，有的送一百，有的送五十。

"看你，又送钱来，别总操心我们的日子了，我们还过得下去……"

每户人家的人都说类似的话；家家户户的人的话中，却都有"又送钱来"四个字。

那"又送钱来"四个字，令我沉思不已。

她老人家却说："晓鸣的爸又给我托梦了，是他牵挂着你们，嘱咐我一定来看看。"

或者指着我说："看，我认了个干儿子，和我晓鸣一样，也是教授。都是正的。他们都是每个月开五六千的人，以后我是不缺钱花的一个妈了。周济周济你们，还不应该的？……"

我陪着在茶村认的这一位干妈，去给她的女儿、她的丈夫扫墓。两坟相近，扫罢以后，她跪了很久。

她面对这座坟说："他爸，儿女们以为我还怨你，其实我早就不怨你了。我还替你做了些事情，那是你生前常做的事情。其实我一直记着你说过的一句话——为人处世，心里边还是多一点儿善良好。你要是也不嫌弃我了，那就给我托梦，在梦里明说。要是不好意思跟我明说，给儿女们托梦说说也行。那么，我死后，就情愿埋在你旁边……"

又对那一座坟说："幺女啊，妈又来看你了。妈这个月采了二百多元的茶。现在女孩儿家也该穿裙子了，过几天，妈亲自到乐山去给你买一件漂亮的裙子。听你二姐的女儿说，乐山有一家服装店专卖女孩子穿的衣服，样式全都是时兴的……"

对第一座坟说话时，她的语调很平静；对第二座坟说话时，她忽然泣不成声……

在回家的路上，干妈对我说："声儿，记着，以后找机会告诉晓鸣，他说得不对。一个塑料瓶子不是两分钱，是一角二分钱。硬铁皮的才两分钱，易拉罐八分钱，顶数塑料瓶子值钱。一斤纸板也不是一角几分钱，是三角钱……"

我诺诺连声而已。不知为什么，那一天这一位友人的老母亲，竟令我心生出几许肃然来……

后来我和我的干妈又聊过几次。

她问我："如果一个老人生了癌症，最长能活多久，最短又能活多久？"

我以我所知道的常识回答了以后，她沉默良久，又问："活得越久，岂不是越费钱？"

我一时不知该如何回答，尤其是对这样一位七十七岁了还辛劳不止采茶攒钱的老母亲。

她语调平静地又说："晓鸣他爸生了癌症，才半个多月就走了。晓鸣寄给我的钱和我自己挣的，加起来快一万元了。现在治病很费钱，不知道一万元够治什么样的病？……"

我更加不知如何回答才好，只有摇头。

于是她自问自答："我死，也许不会因为病。就是因为病，估计也不会病得太久。我加紧再挣点儿钱，攒够一万，估计怎么也够搪病的了。我可不愿拖累儿女们，儿女们各有各的家，也都不容易……"

我装出并没注意听的样子。

不料她突然问："你们城里的老人，如果还挺能吃，就表明还挺能活，是吧？"

我回答："是。"

她说："我们农村的老人，如果还挺能干，才表明挺能活。你看干妈，是不是还挺能干的？"

我又回答："是。"

……

当我离开茶村时，我和我的干妈，相互都有些依依不舍了。我又明白了我自己一些——都五十七八的人了，居然还认起干妈来；实不是习惯于虚与委蛇，而是由于在心理上，仍摆脱不了那一种一心想做一个好儿子的愿望。

因为我从来就不曾好好地做过儿子。那是需要些愿望以外的前提的。对于我，以前没有前提。现在，前提倒是有了，父母却没了。

我也更明白了——为什么我的某些同代人，一提起自己过世了的父母就悲泪涟涟。

我是那么羡慕我的好友晓鸣教授。

他的老母亲认下了我这一个干儿子，我觉得格外幸运。而我尤其幸运的是，我的远在一个小小茶村里的干妈，她是一位要强又善良的老人家。

至于她爱捡废品的"缺点"，那是我能理解的，也是我觉得有趣的……

母与女

这一户人家只有两个人了。是丈夫也是父亲的男人一年前病死了。

在二〇〇〇年正月十五那一天，母亲很晚才回到家里。女儿竟还没吃晚饭，母亲说她也没吃。母亲带回了一盒元宵，说完就煮元宵去了。

一会儿，母亲煮好了元宵，盛在两只碗里，女儿一碗，自己一碗。

女儿呆呆地望着碗，不动筷子。

母亲就很奇怪，拿起筷子，困惑地问："女儿呀，你不饿吗？"

女儿低声说了一个字："饿。"

"既然饿，为什么看着不吃？不爱吃？"

"……"

"我记得你是爱吃元宵的啊。"

"妈妈，我怕。"

"怕？"——母亲更奇怪了，"怕什么？"

"怕你在元宵里下了毒……"

女儿抬起头，目光定定地望着母亲，眼中已噙满了泪。

"你这是说的什么话？"

"妈妈，你把筷子放下吧！我不想死，我也不愿你死……"

"可我……"

"可我觉得你肯定在元宵里放了毒……"

女儿的眼泪，吧嗒吧嗒地掉在桌上，掉在碗里。

母亲缓缓放下了筷子，表情一时变得异常严肃。她也目光定定地望着女儿问："女儿，你今天究竟是怎么了？你头脑里为什么会产生如此荒唐的想法？"

"妈妈，我今天听来家里玩的同学讲，别的中学里有一名女生，和我一样爸爸也死了，妈妈下岗了。下岗的妈妈就买了一盒元宵，煮时下了毒，结果她自己和她的女儿吃了后，都死了……妈妈，我知道你也下岗了，只不过你一直装出每天都去上班的样子……妈妈，我真的很怕死，也不愿你死……"

女儿说罢，就哭起来了。

而母亲则起身走到了女儿身旁；女儿扑在母亲怀里，双手紧紧搂抱住母亲。

母亲抚摩着女儿的头，用特别温柔的语调说："好女儿呀，妈妈有多么爱你，你是知道的。妈妈怎么会忍心毒死你呢？妈妈才四十多岁，小时候挨过饿，十六七岁下乡，整整十年后才返城，结婚了仍没有属于自己的房子，你十岁了我们终于有了房子，你爸爸又病了多年……妈妈的命虽苦，可妈妈珍惜自己的命，才不愿死呢！……"

母亲也流泪了。眼泪掉在女儿脸上、手上……

母亲又说："好女儿呀，不错，妈妈是下岗了，妈妈是一直在瞒着你这件事。妈妈每天早出晚归，就是去找工作的呀。"

"找到了吗，妈妈？"

"暂时还没有。这是妈妈应该考虑的，是你不必发愁的。你替妈妈发愁也没用。你同学对你讲的事，也许是真的，也许是假的，即使是真的，那个母亲的做法也是罪过的，妈妈才不会那样呢！"

"妈妈，我错了，我不该胡乱瞎猜疑你。可……可我们以后究竟该怎么办呢？"

"女儿，你先放开妈妈……"

女儿放开了母亲，母亲就又回到桌子那一边坐下去了。女儿仍像刚才那样目光定定地望着母亲，但眼中已充满了信任。

母亲慢言细语地说："好女儿呀，如果我们要鼓起勇气生存下去，那么，你就得和妈妈共同接受另一种现实。"

女儿说："妈妈呀，不管那另一种现实是什么样的，我都有勇气和你共同面对它。"

"其实那另一种现实无论对我还是对你，都并不那么可怕。"

"妈妈，你就说吧。我做好种种心理准备了！"

"我们住的这个两室的单元房，你爸爸活着时我们不是已经买下了吗？首先，我们把它卖了。而且妈妈已找到了买主。那么，我们就有十几万元钱了……"

"可……我们住哪儿呢？"

"我们将用一半的钱买一处一居室。所以你以后不可能再有属于自己的房间了，你同意吗？"

"这……我听妈妈的。"

"在那一间房子里，我们要摆一张双人的大床……"

"我高兴和妈妈睡在一张床上！"

"双人床上还要想办法架一张单人床，你将睡上边的单人床……"

"为什么？为什么要那样呢，妈妈？双人床上架一张单人床，看上去多古怪呀！"

"必须那样。因为，将有一个男人和妈妈睡在双人床上……"

"……"

"女儿，听明白妈妈的话了吗？"

"妈妈，你要给我……找一个后爸？"

"是的。他比妈妈年龄大，五十多岁了。他是一个有技能的人，善于修理家电。剩下的钱中，妈妈将动用两万元租一个门面，向他学习家电修理，与他共同开好一个家电修理部。其余的钱，为你储蓄着，留作你上高中、上大学的学费。女儿，这就是我们未来的生活。妈妈本不打算在今天晚上和你说这些，但是你想得太多了，妈妈只有现在就讲……"

女儿眼圈一红，又低下了头。

母亲低声问："女儿，你为什么不说话了？"

"他……那个男人，会对你好吗，妈妈？你们不会整天吵架吧？"

女儿的声音比母亲的声音更低。

"妈妈怎么会找一个对妈妈不好，整天和妈妈吵架的男人呢？"

"他……也会对我好吗？"

"妈妈保证他也会对你好，只要你能渐渐习惯于接受他。"

"他……不酗酒吧？"

"他偶尔也喝，但是绝不酗酒……"

"他赌钱吗？我比讨厌酗酒的男人还讨厌赌钱的男人……"

"妈妈怎么会找一个赌徒呢！"

"妈妈，你可要看准人呀！"

"妈妈都是四十多岁的女人了，不是那么容易被男人的假象欺骗的。"

"那么，妈妈，这一个现实，我也接受。"

女儿抹了一下眼泪，抬起了头。她望着她的母亲，见她的母亲脸上也和自己一样正淌着泪。

母亲抹了一下眼泪，嘴角微微一动，似乎笑了一下。

女儿觉得母亲真的是笑了一下，于是自己也笑了一下。

女儿低声说："妈妈，咱们吃元宵吧，要不凉了。"

母亲说："对，吃吧，凉了就不好吃了。"

于是女儿首先拿起了筷子。

"女儿，吃出什么馅儿的了吗？"

"山楂馅儿的，酸甜，我爱吃。"

"女儿呀，咱们生活在社会底层的人，命运就像这元宵制作的过程一样。做元宵不是首先得有馅儿吗？咱们就是元宵馅儿。咱们被放在社会那个大簸箕上摇啊摇啊，渐渐地粘满江米面儿，一个个元宵就做成了。那就是咱们的命运形成了呀！咱们不能被摇散了。咱们应该经得起摇。摇散了的馅儿还怎么能滚成元宵呢？只要咱们自己不散，只要咱们本身酸甜酸甜的，咱们的命运就也会像元宵一样，有自己的滋味儿。女儿你说对不对？"

"妈妈呀，你不但说得对，而且比喻得好极了。以后我要把你的话写进作文里！"

女儿的语调乐观起来了。

"还吃吗？"

"妈妈，再给我盛一碗！"

在二〇〇〇年的正月十五，有一个人听到了这母女二人的全部对话。

那一个人是我们都不太相信存在着的上帝。

上帝被母女二人的相互理解感动了。于是上帝使那个将要介入她们命运的男人的心肠变得更好，性情也变得更好。

那么，当然的，他很爱那个女人，也很爱她的女儿……

兵与母亲

麦子在北方的大地上熟了的时候，兵们复员了。

其中一个当过班长的兵，行前被单独叫到连部。连长和指导员以温和的目光望着他，交给兵一项任务——兄弟连的一位连长不幸牺牲了，他的老母亲在地方办的一所托老院里。他的任务是在复员途中，替兄弟连队顺便绕路去看望一下老人家……

兵接受了这个任务。不待开欢送会，便独自离开了连队。

兵如期来到了托老院，面对的却是他怎么也不曾料到的情况：托老院由于经营不善，濒临倒闭。前几天，有家属接走了最后几位老人，只剩下那一位连长的母亲还住着……

托老院的人对兵说："你可来了！我们托老院的房产已经卖给一家开发公司了。对方急等着开工建别墅区呢。我们因为老太太为难死了。你一来，我们的问题就解决了。你无论如何把老太太接走吧！"

兵愣了一会儿，也为难地说："我把老人家接走倒是件容易的事，可我又该把老人家往哪儿送呢？"

养老院的人说："这你不必愁，她儿媳妇还在当地农村，送到她身旁去吧！"

兵寻思了一会儿，觉得只有这么做。在老人家住的那间房子门外，兵响亮地喊了一声："报告！"

"哪个？"——老人家的语调听起来郁郁寡欢。

兵犹豫了一下，这样回答："我是一个兵。"

"是兵就不用报告了，快进来吧。当兵的都是我儿子，儿子见娘还报的什么告呢？进吧进吧！"

听得出，老人家心情急切。

托老院的人附耳对兵悄语："老太太患了痴呆症。清楚的时候少，糊涂的时候多。这会儿说的是半清楚半糊涂的话。"

兵不由得又是一阵发愣。

"儿呀，你怎么还不进来呢？"

托老院的人又附耳对兵悄语："老太太的双眼也基本失明了……"

兵一听心里就急了。兵怕老人家不慎摔着，顾不得再多想什么，一掌推开门迈进了屋里。

兵又大声说："老人家，您别下床，我已经进来了！"

老人家循声望向兵。垂在床下的一条腿，缓缓地又蜷收到床上去了。她脸一转，头一低，不理兵了……

兵一时不知如何是好。

托老院的人附耳责备兵："你怎么能叫她老人家呢？你应该叫她娘的嘛！你要真想把老太太接走，你就得冒充是他儿子啊！我告诉你她儿子叫什么名字……"

兵竖起一只手制止道："不用你告诉，我知道。"

"知道你还愣个什么劲儿呢？你快叫声娘试试吧！"

"娘……"兵张了几下嘴，终于轻轻地叫出了那个在连队四年不曾叫过的亲情脉脉的字。老人家没有反应。

"娘！"老人家还是没有反应。

对方悄语："她耳朵可一点儿毛病没有。准是因为你第一声没叫她娘，而叫她老人家，惹她不高兴了。

"这老太太一不高兴，谁都拿她没办法。我看你今天是接不走她了，先找家旅馆住下吧！"

兵接受了建议，怀着几分惆怅，默默地退了出去……

兵在旅馆住下以后，坐立不安，反反复复地只想一件事——如何才能圆满完成任务。

第二天，托老院的人到那家旅馆去找兵，服务台说，兵退房了。"退房了？"这回轮到托老院的人发愣了。"这个兵，太不像话了！"

"看上去挺实在，没想到这么油滑！连句话都不留就溜了！"

不料，第三天，兵竟又出现在他们面前，托老院的人转忧为喜。他们对兵说，情况有变化，变得对兵极为有利了。因为老太太昨天一下午都在不停地念叨：我儿子怎么露了一面就没影儿了呢？怎么不来接我回家呢？

"只要你别再叫她老人家，充当她儿子，她准会高高兴兴地跟你走！"

他们巴不得老太太立刻就在他们眼前消失。他们一边夸赞兵一边把兵往老太太房间里推……

兵进了门，又习惯地喊了一声："报告！"

老人家的脸倏地向他转过去。老人家那双失明了的眼里，似乎顿时充满温柔的目光。

兵犹豫片刻，说："娘，是我，您儿子。来接您回家！"

于是，坐在床上的老人家，向兵伸出了自己的双臂……

兵上前几步，单膝跪下……

老人家的双手捧住了兵的脸。接着，摸向兵的肩，兵的帽子……

"儿呀，你衣肩上怎么没那章章了呢？你帽子上怎么没那五角星星了呢？"

"娘，儿复员了！"

"那，你以后就可以整天和娘在一起了？"

"对。儿以后就可以整天和娘在一起了！"

老人家便一下子将兵的头紧紧搂在她怀里了！兵的眼刹那湿了……

兵昨天已经去了百里外的农村，见到了老人家的儿媳。军嫂是个刚强的女子，正承担着丧夫的悲痛在秋收。女儿才九岁，上小学二年级。军嫂对兵说，一忙过秋收，她就会将老人家接回来。

兵当时问："另转一家托老院行不行呢？"

军嫂说她四处联系过，本县还有另外一家托老院，但收费太高，丈夫的那笔抚恤金支付不了几年啊。转到外县的托老院去，就没法经常去看望老人家了……

军嫂说着说着，落泪了。

兵望着才三十几岁的军嫂，想到了她以后的人生。于是一个决定在心中敲定，他要替军嫂和部队将一位牺牲了的军人的老母亲赡养起来！兵骗军嫂说，他临行前，部队指示他，务必负责将老人家转到另一个省的托老院去。说那儿条件可好了，而且是部队的转业干部在那儿当院长，老人家不会受委屈。军嫂哭了，说她怎么能舍得老人家离她那么远呢？兵就婉言劝军嫂想开点儿，说若辜负了部队的妥善安排也不好啊。军嫂却说，老人家晕车。兵说："那我用小车推她老人家！"

托老院替兵买了一辆崭新的三轮平板车。装了个美观的遮篷，做了一个分格的箱子，里边可以装食物、矿泉水、药，连修车的工具和气筒都替兵备齐了。

兵很感动。

老人家一坐上那辆车就笑得合不拢嘴，孩子似的嚷着："回家喽，我要回家喽！是我当兵的儿子来接我回家的！"

兵见老人家高兴，自己也高兴，也笑。兵大声说："娘，坐稳！咱娘儿俩上路啦！"

在托老院的人们的目送下，那辆崭新又美观的三轮平板车渐渐远去。兵将他们面临的难题解决了。兵将他自己那张实实在在、憨憨厚厚的脸印在他们的记忆中了。他们从内心里祝福"母子"二人一路平安！

那辆崭新又美观的三轮平板车，在秋高气爽的季节，在斑斓似锦的北方大地上，在由北向南的几乎天天骄阳普照的公路上，如一辆观光旅游车一样，按兵心里的计程表接近着兵的家乡。

兵一路对娘讲着自己看到的景色，偶尔也"引吭高歌"。兵唱得最熟的是《九月九》：九月九，重聚首，美酒浇心头，醉倒在家门口……

路上，"娘"丢过一次：那是在与家乡相邻的一个省份的地界内发生的事。傍晚，在公路旁的一家小饭馆前，兵遇到了几个歹徒抢劫、欺辱一名妇女。兵当然没有袖手旁观。歹徒受到了兵凛然正气的震慑，跑了。但兵的后脑勺儿上挨了重重的一击，昏了过去……

兵醒来时，发现自己躺在县城的医院里。"我怎么会在这儿呢？"护士说："你是见义勇为的英雄呀。在你昏迷不醒的时候，我们县里的领导都来看过你啦！"

"那……我娘呢？""你娘？""我在这儿几天了？""没多久，才四天。"

兵一下子呆住了。兵突然哇地大哭起来。兵双手握成拳，同时擂着病床："这可怎么好，这可怎么好，我怎么把我'娘'丢了！都四天了，我上哪儿去找我娘呀！"

此事惊动了院长。院长问明白以后，立即向县里汇报。于是县里指示公安机关出动人员，帮助兵寻找他的"娘"。

其实四天里，"娘"没离开过公路旁那家小饭馆前。确切地说，除了下车去厕所，几乎没离开过那辆三轮平板车。饿了，就吃箱子里的面包，或几块饼干；渴了，喝几口矿泉水，或吃一个西红柿。晚上，蜷在车上睡。小饭馆的主人目睹了兵见义勇为的那一幕，有心替兵关照他的"娘"。他送给老人家饭菜，老人家一口也不吃；晚上，他想请老人家睡到他屋子里去，老人家也根本不听他劝。她反反复复只说一句话："我儿不会把我撇在这儿的！"

也幸亏头脑痴呆的老人家专执一念守在车上，否则，那车肯定会被贪财的人蹬走了。而饭馆主人唯一能尽一下心意的事，不过就是在老人家下车去厕所时，搀扶她并替她照看着车。

当兵见到"娘"四天里没洗过脸的样子，兵双臂紧紧抱住"娘"，头偎在"娘"脸前，泪如泉涌。

兵内疚地说："娘，对不起，儿让你受委屈了。"

"娘"眉开眼笑，左手拍拍兵的背，右手摸摸兵的脸，高兴地说："我儿叫娘好担心，我儿叫娘好担心……"

小饭馆的主人听别人悄悄议论老人头脑痴呆，认为纯粹是胡说八道，立即予以反驳："造谣！我长这么大就没见过比她更主意铁定的老太太！不听到她儿子的声音，连冬天都会在车上过。如果她头脑痴呆，那我们都痴呆了！"

县里向兵授了一面锦旗，上绣"当兵的人"四字。

"娘"坚持让在车篷旁竖一根杆儿，将锦旗挂着。兵看得出"娘"因他这个儿子感到多么自豪，不愿扫老人家兴，依她。她竟信不过兵，用手摸到那旗杆儿确实竖在车篷旁了，锦旗也确实挂在旗杆儿上了，才欣然地抿嘴笑了。在人们的夹道欢送之下，兵蹬着那辆车离开了县城。

路上，"娘"问："儿呀，旗飘着吗？"兵朗声回答："娘，飘得像一面迎风招展的军旗啊！"

其实，兵已经将旗取下了。他觉得太招摇了。

当然，兵和"娘"也逢过刮风天、下雨天。"娘"就会格外心疼"儿子"，不许他继续赶路，一定要他找个地方避避，或干脆在路边小店住下。兵则完全顺着"娘"的意思，一次也没惹"娘"不快过。

终于有一天，兵蹬着那辆车进入了家乡的地域……在一条盘山路旁，兵刹住车，扭回头喜悦地说："娘，咱们到家了！远处那小村子就是……"

"娘"却在车上舒服地酣睡着。秋日中午的阳光，以它一年里最后那份儿洋洋暖意，慷慨地照耀在"娘"身上，照耀在"娘"脸上。兵不禁笑了。

斯时那辆崭新的车已经变旧了。有的地方已经因被雨淋过而生锈了。美观的车篷也褪色了，蒙尘落土了。而兵的平头已经长成长发了。兵的军装，被一番番汗碱板结了，像刚刚浆过似的。兵用手抹了一把脸上的汗，觉出自己脸上长出了扎手的胡楂……

斯时兵已蹬着那辆车行程数千公里，历时近两个月了……

不久，连队收到了兵的信。信中写道："敬爱的连长和指导员：由于特殊的情况，你们交给我的任务，我是这样完成的……"

连长看完信说："想不到啊！"

指导员看完信说："归根到底，是我们许多这样的兵，使我们的部队有种种理由感到光荣和骄傲呀！"

当天，复员了的兵的这封信，在全连大会上被宣读了。

一阵肃静之后，一名战士大声唱了起来：咱当兵的人，有啥不一样……于是全连战士齐唱：咱当兵的人，咱当兵的人……

他们想，数千公里以外那一名复员了的战友，也许能听到他们的歌声吧。

一个陌生女孩的来信

笔耕不辍，久栖文坛，很是收到过一些陌生人写来的信。当弃则弃，应留则留，竟渐渐地由欣然而淡然而漠然。有时，那一种无动于衷，连自己都深觉太愧对认认真真给自己写信的人们了。但是近日收到一个陌生女孩儿的来信，却使我不由得细读数遍，心生出几许说不清楚道不明白的感动。那是一封几经周转的信。信封上的字迹和信纸上的字迹不同，一看就知非是一人所写，然都是很稚拙的笔触。下面便是那一封信的内容。

尊敬的作家先生：

我是一个女孩子，普通得不能再普通、平凡得不能再平凡的女孩子。除了年龄的资本，我再没有任何先天的或者后天的资本。既（当为"即"，她写的是白字，我将一一替她改正）使我的花季，那也不过是很不显眼的花季。好比我的家乡的山上和乡路两旁一年四季常开常谢的小野花，开着没人赏，谢时没人惜的。现在，我是深圳的一个打工妹。深圳满街都是我这种年龄的小打工妹。我们外省的打工妹特别感激深圳。这一座和我们年龄差不多的城市，对我们很包容。它给我们打工妹的机会，似乎也比别的城市多一些。这是我们的认为。它不允许比我们强的人歧视我们。这是我们最感激它的方面。我们小小年龄，背井离乡，哪一座城市不歧视我们，我们自然就觉得它比别的城市好。

对不起，我扯得太远了。我给您写信，不是要谈深圳的，我也不是要在这一封信中谈我自己的。关于我自己我前边已经写得很明白了，实在没什么好谈的。而且呢，我也不是你们作家亲（青）睐的什么文学女青年。我向您老老实实地承认，我没读过您的任何一本书，连一篇小说或者一篇文章也没读过。有一个星期六我和我的三个表姐一个表哥又在我们的小六姨家相聚，一边嗑瓜子一边闲聊。瓜子下边铺着一张旧报纸，那上边有篇介绍您的报道，还有您的照片。我们的表哥看了一会儿，指着您的照片说："哎，咱们就给他写信怎么样？"我们早就想给一位作家写信了。我把那篇报道大声读了一遍，我的二表姐和三表姐就都说："行！"只有我的大表姐表态表得不那么痛快。她嫌您太老了，而且呢，也看不出一点儿好风度。您真的是照片上那样子吗？还是为您照相的记者成心把您照得那么难看？依我的大表姐，她希望能有一位好风度的作家读到我们的信，还得是男作家。我们就都为您争取她同意。我二表姐说："已经是男的了，将就点就是他吧！"我三表姐说："有人不上相，也许本人没那么怪模怪样的。"我的表哥说："我主张将就。"结果，就由我给您写这一封信了。相对来说，我比表姐表哥们多读了一二年书，字也比他们写得强点儿。我是学酒店服务的中专毕业生。

梁作家，如果您正在看这一封信，那么现在您应该了解了，这是一封代表五个人写给您的信。我们的关系是表姐妹、兄妹、姐弟的关系。我们的母亲们那当然就是亲姐妹了。她们有一个妹妹，就是我们的小六姨。我们正是为我们的小六姨给您写这一封信的。她已经三十六岁了，还没结婚。不过您千万别误会，我们可不是在替我们的小六姨向您征婚。我们的小六姨是个美人儿，除了肤色不怎么白，哪儿哪儿都够美人儿的标准。请您注意，是不怎么白，不是黑，那可是有大区别的。再者，在外国，美人儿不怎么白才更美。这一点您肯定知道的吧？强调一遍，您千万千万别误会，您和我们的小六姨，哪一点儿都不合适。直说了吧，不般配。您对于事实可别生气啊！何况那篇报道中说您已经有老婆了。

但您还是没明白我们为什么给您写这一封信是吧？作家不是整天不是写就是看吗？如果您已经在看着了，那就有点儿耐心，接着往下看吧。越看，自然就越明白。连我写的人都不怕白白浪费了时间，您看的人，还不得沉住气？对了，还没说我们的姥爷和姥姥呢。不说说，您是难以明白的。

我们的姥爷和姥姥，一个七十八了，一个七十五了。七十八的姥爷身体仍很棒。七十五的姥姥，这几年开始常闹病了。他们是农民，我们的家乡在四川山区。姥爷和姥姥看来在计划生育方面是反面典型了。他们居然生了六个女儿。是不是太能生了？我大表姐的妈妈，也就是我的大姨妈，今年都四十七了。我们的爸爸妈妈，至今也都是农民。从我们开始，姥爷和姥姥的后代，才是有初等文化的人了。这要感激我们的小六姨。我们都能上得起学，完全是她一个人供的。

我们的小六姨，她生下来不久就被送给别人家了。自己家孩子太多了，又都是闺女，干不了重活，姥爷姥姥感到是负担了。也幸亏小六姨被送给别人家了，那使她初中毕业以后，以全县第一的成绩考上了省卫校。从省卫校毕业后，她被分配在省城一所大医院当护士。没几年又当上了一个病区的护士长，是最年轻的一个护士长。那一年她回老家探家，她的养父母就告诉了她一般都尽量隐瞒着的真相。冲这一点，她的养父母也该算是很好的人，是吧？她就去到我们那个村子，探望了我们的姥爷和姥姥，也就是她的亲生父母。接着，又一一去探望她的五个姐姐。我们的小六姨，她进一家门哭一次。我们的姥爷姥姥和我们的母亲，心里就都特别内疚，净说些女儿、妹妹对不起的话。小六姨却哭着说："爸爸、妈妈、姐姐们啊，我不是怨你们呀！我是怎么也没想到你们的日子会过得这么苦这么难！这可叫我怎么办呢？……"我们的小六姨，她离开家乡时，一脸的愁云……

不久，我们的母亲听说小六姨不在那一家省城的大医院当护士长了。她在卫校是学按摩的，她自己开了一家按摩诊所。对于她的做法，姥爷姥姥和我们的母亲们都不敢写信去询问什么。

那一年的春节前，姥爷姥姥和我们各家，全都收到了小六姨汇来的钱。每家不多，五百元。但是对于农村人家，那可是不少的钱啊！

第二年，她的养母病了，被她接去了省城。半年内姥爷姥姥和我们各家，没再收到钱，连信也很少收到。第三年上半年，她的养父又病了，也被她接到省城去了。姥爷姥姥和我们的母亲，全都替她着急上火，可又全都帮不上忙。那一年下半年，小六姨又回到老家了，瘦极了，衣袖上戴着黑纱。姥爷姥姥和我们的母亲们，一见她那么瘦，全都哭了。她却安慰他们："爸爸妈妈、姐姐们，别哭。养父母对我的恩情，我已经报答了。现在，我的责任减轻了啊！"她说，按摩诊所那一种行业，虽然挺赚钱的，但几乎每天都要面对一两个心术不正的男人。她不干了。她说她要到深圳去闯闯。那一天，姥爷姥姥和我们的母亲们，都是从她口中才第一次听说中国有座城市叫深圳，都舍不得让她去，也都不放心她去。可小六姨的决心已经下定了。她还没等自己长胖点儿，就又告别了家乡。姥爷姥姥和我们的母亲们，一个个都流着泪，一直把她送到乡路的尽头。那一年，我的大表姐十岁；二表姐、三表姐和表哥，一个比一个小一岁；我呢，还在妈妈肚子里。小六姨双手轮流摸着表姐表哥们的脸蛋，嘱咐我的姨妈们："姐们呀，要让孩子们读书。节可以不过，年可以不过，孩子们绝对不可以不上学！以后，有我呢！"

尊敬的梁作家，为了节省您的宝贵时间，我接下来只能写得特别简单了。总而言之，没有我们的小六姨，我们都是念不起高中和中专的。现在，也绝不会都集中在深圳这一座城市里，也就是在小六姨所在的城市里打工。我们表姐妹、姐弟、兄妹五个，平均受到了十年以上的文化教育，平均年龄二十岁多一点点，平均工资一千元出头。每个星期六、星期日，我们可以全都无拘无束地聚集在我们的小六姨家里，一个个有说有笑的。而她，却总是默默地坐在一旁，默默地瞧着我们，脸上很有成就感的样子，像一位美丽的小母亲。只有她那么欣赏正在花季的我们！该吃饭了，她就默默地起身去做饭炒菜，有时让我们中的一个打下手，有时不用，自己忙。而我们就看录像、甩扑克，或者轮番上网。那时，我们都觉得幸福极了……

十三四年里，我们的小六姨先后当过深圳市一个区的区委办公室的办事员、接待科副科长；一家区科委所属的公司的秘书、经理助理。后来因为深圳有大学以上文凭的青年越来越多了，小六姨有自知之明，觉得自己有些工作做得难以比别人好了，就主动辞职，"下海"了。小六姨开过花店、书店、时装店。知道我们的小六姨目前在做什么吗？她已经有了一家属于自己的小小的公司。她在经营各类首饰，在深圳一家大商场里有专柜，在另外两座大城市的大商场里也有专柜，效益都挺不错的。在我们心目中，我们的小六姨已经是成功人士了。

说到小六姨的家，六十几平方米，不过才一厅一室，装修得有格有调的。公摊面积大，小六姨的家其实是一个小小的家。最多时，那家里住过十个人！姥爷姥姥睡她的床，两个姨妈一个睡沙发，一个和她和我们五个孩子睡地上，横七竖八躺一地！

十三四年里，小六姨挣的钱，一大半花在我们身上了，寄给姥爷姥姥和我们各自的家了。因为我们有个小六姨，姥爷姥姥生病才住得起医院了，才坐过飞机了，到过深圳这么美丽的城市了；因为我们有个小六姨，我们各家的日子才渐渐好过了，我们的父母才不终日愁眉不展的了……

但是我们的小六姨却三十六岁了，还没爱过，还没被爱过。为了我们这一代，为了我们各自的家，也是为了姥爷姥姥们，也许，还为了她心里边当年默默许下的一个承诺，她无怨无悔地将自己最好的恋爱季节耽误了。她依然美丽着，却始终孤单着……

　　她经常教育我们，打工妹，第一要自尊，第二要自立，第三要自爱。她说没有自尊，就难以自立。一时自立了，也还是会由于没有自尊而难以长久。她说有些人自立了之后，反而不自爱了，那是坏榜样。她说好榜样应该是，自立了，就更有前提自爱了，也更会懂得自爱是对的了。我们的小六姨，她至今一直生活得朴朴素素，节节俭俭，从不买一件太贵的衣服，从不买什么高级的化妆品，自己从没乱花过一分钱，能乘公共汽车去的地方，宁肯早早出门，也舍不得钱"打的"。她还时常一个一个地询问我们闹恋爱了没有？起初我们都不好意思跟她讲实话。她却对我们这么说："如果有朋友了，应该带给我认识认识。只要你们感情好，小六姨不干涉，更不反对。我想告诉你们的是，万一两个人之间发生了那种冲动的事儿，尽量别使自己怀孕，一旦怀孕了，也别你怨我，我怨你的。对于恋爱着的一对年轻人，那根本就不是可耻的。但是得及时让小六姨知道，因为小六姨有责任亲自陪你们去医院……"

小六姨所说的那种"冲动的事儿"，我的大表姐已经悄悄向我们主动承认她经历多次了。说时可得意了，她一次也没怀过孕。她的经历目前对小六姨还是秘密。

小六姨自己前几天却怀孕了！当她声音小小地打电话向医院咨询时，我无意间偷听到了，还偷听到了她第二天要去哪一家医院做"人流"。第二天我请了假，跟踪她。医院挺近，小六姨走着去的。我隐蔽在马路对面，望着小六姨一个人孤零零地走入医院，又一个人孤零零地走出医院，脚步缓慢地往家走，我心里恨死了那一个使她怀孕的男人！但是转而一想，终于有一个人爱我们的三十六岁的小六姨了，我应该替她高兴才对。我气的只不过是——当时他在哪儿？！我也很怕我们的小六姨会爱上一个有妇之夫。女人一旦那样，不是常常都会爱得很苦吗？不过我至今没将小六姨的秘密透露给表哥和表姐们，更没告诉给我们的母亲和姥爷姥姥。我经常在内心里为小六姨的爱祈祷，祈祷它有一个好结局。我做得对吗？

那一天又是星期六。吃晚饭时，小六姨开了一瓶葡萄酒，给我们每一个人的杯里都倒了一点点。她说："小六姨将咱们的家的贷款终于还清了。从下个月起，它完全属于我们自己了！"

我们一时全都高兴极了，纷纷和小六姨碰杯。各自咽下了一小口酒之后，又都想哭。因为小六姨话中那四个字——"咱们的家"。

小六姨却接着平静地说："想想吧，中国有九亿多农民，哪怕仅仅将三亿农村人口变成城市人口，那也需要建立三百个一百万人口的城市。这太不容易了。你们以后究竟都能不能成为三亿中的几个，我也难估计。但小六姨一定尽力帮你们。你们自己也得要强，不能每天一下了班就贪玩，要自学新的知识和技能……"

陌生女孩儿的来信还有两千多字，她，不，四个女孩儿一个男孩儿，希望我能将他们的小六姨当成原型，创作一部小说或电视剧——这才是她给我写信的真正目的……我给陌生的女孩儿回复了一封信。与她的信相比，我的信实在太短……而她那一封信又显然不是一次写完的。

陌生的女孩儿：

感谢你对我的信任。在我看来，你的信有一种诗性，但是我现在的颈椎病实在太严重了，写作等于自我虐待。故我也不能如你所愿，某时去深圳认识你们的小六姨并采访她。那样，只怕我会爱上她。你不是替你们的小六姨担心那样的事情发生吗？我也替自己担心的。对于美丽而又具有牺牲精神的女人，通常我意志很薄弱。依我想来，你们的小六姨，如同上帝差遣给你们的一位天使。上帝并不经常这么好心眼儿。所以被天使爱着的人，也要反过来关爱天使。小姐们，起码，你们再到小六姨家去时，要学会做饭炒菜。以后吃现成的，应该轮到你们的小六姨了！至于她的那个秘密，只要她自己不说，你须永远守口如瓶。天使也有自己的秘密的。而且天使是最善于爱的。一切爱的麻烦和爱的分寸，天使都会以天使的方式去面对，去把握。所以你尽管继续为她的爱祈祷，却一点儿也不必为她忧虑什么……

最后我征求她的意见——我们的信可不可以同时发表？我希望她同意，并告诉了她我家的电话。那陌生的女孩儿，她用电话通知我——她同意……

老水车旁的风景

其实，那水车一点儿都不老。

它是一处旅游地最显眼的标志，旅游地原本是一个村子。两年前，这地方被房地产开发商发现并相中，于是在盖别墅和豪宅的同时，捎带着将这里开发成了旅游景点，使之成了小型的周庄。

在双休日或节假日，城里人络绎不绝地驾车来到这里。吃喝玩乐，纵情欢娱。于是这里有了算命的、画像的、兜售古玩的；也有了陪酒女、陪游女、卖唱女、按摩女，皆姿容姣好的农家少女。她们终日里耳濡目染，思想迅速地商业化着。

城里人成群结队地到来的时候，必会看到，在那水车旁有一老妪和一少女。老妪七十有几，少女才十六七岁，皆着清朝裳。老妪形容枯瘦憔悴；少女人面桃花，目如秋水，顾盼之际，道是无情却有情。老妪纺线，少女刺绣，成为水车的陪衬，景观中的风景。她们都是景区花钱雇了在那儿摆样给观光客们看的，收入微薄。幸而，若有观光客与她们照相，或可得些小费。老妪是村里的一位孤寡老人，在村里有一间半祖宅。村子受益于旅游业，有了些公款，每月亦给她五十元。老妪是以感激旅游业，对自己能有那样一种营生，甚为满足，终日笑眯眯的。少女是从外地流落到这儿的，像寻蜜的蜂儿一样被这旅游地的兴旺发达吸引来的。她的家在哪里，家境如何，身世怎样，没人知道。曾有好奇的村人问过，少女讳莫如深，每每三缄其口，是以渐无问者。当地人对于外地人，免不了有点儿欺生。可像她那么一个十六七岁的女孩，讨生活的方式并不危害任何当地人的利益，虽然明明是外省人，便借故欺她，却是不忍心的。不忍相欺归不忍相欺，但对于那来历不明的小姑娘，当地人内心还是有些犯嘀咕。会不会是个小女贼，待人们放松了警惕，待她摸清了各家的情况，抓住对她有利的机会，逐门逐户偷盗个遍，然后逃得无影无踪。据他们所知，省内别的景区发生过这样的事，祸害了当地人的也是个姑娘。只不过是个二十几岁的大姑娘，只不过没有亲自盗，而是充当一个偷盗团伙的眼线。那么，她背后也有一个偷盗团伙吗？人们相互提醒着。随后，她的行动，便被置于许多双有责任感的眼睛的监视之下。但她一如既往地对人们有礼貌，还特别感激当地人收留她。难道因为她才十六七岁，还太单纯，看不出别人对她的警惕吗？这么小年龄的女孩儿走南闯北，会单纯才怪！那么，必是伪装的了。于是，在当地人看来，小女孩还很狡猾……

只有老妪觉得她是个好女孩儿。

她们成为"同事"几天以后，老妪曾问少女住在哪儿，少女说住在一家饭店的危房里，每天五元钱，晚上还得帮着干两个多小时的活。饭店里有老鼠，她最怕老鼠。"就是每月一百五十元，也花去了我半个来月的工资，还得看主人两口子的脸色……"少女说得泪汪汪的。

　　"闺女，住我家吧。我那儿就我一个人，我也喜欢有你这么个伴儿，不会给你气受。"

　　老妪说得很诚恳。

　　少女没想到老妪会那么说，正犹豫着该怎么回答，老妪又说："我一分钱不收你的。"

　　……

　　于是，少女作为老妪所希望的一个伴儿，住到了老妪家里。

　　于是，少女脸上笑容多了，喜欢和她一块儿照相的观光客多了，小费也多了。最多时，每天能收到五十元。

　　老妪脸上的皱纹少了。熟悉她那张老面孔的人，发现她脸上几条最深的褶子变浅了，有要舒展开来的迹象了。她脑后的鬓髻也好看了，不像以前那么歪歪扭扭的了。她的指甲不再长而不剪，指甲缝也不再黑黢黢的了。她那身"行头"，显然洗得勤了。她的好心情让她的小费也多起来了。

　　有好心人提醒她："你让那小人精住你那儿去了？千万防着点儿，万一你那点钱被她偷了，临走连件寿衣都穿不上……"

　　老妪不爱听那样的话。

她说："走？往哪儿走？人家孩子比我多的钱放那儿都不避我，我那么点儿钱，防人家干吗？"

她爱听少女的话。

少女常对她说："奶奶，尽量想高兴的事儿，那样您准能活一百多岁。"

经历了二十几年孑然一身、形影相吊的孤寡生活以后，忽然有了一个朝夕相处的小女伴儿，老妪返老还童了似的。有时，一老一少对面坐着，各点各的钱，还相互换零凑整的……

然而有天老妪忽然失明，接着咯血了。村里不得不派人把她送到县医院，一诊断是癌症，早扩散了。那么老的人了，是农村人，还是个孤寡老人，也只有回家挨着。

村里负责的人就对少女说："她都这样了，你搬走吧，爱住哪儿住哪儿去吧。"少女哭着说："我不搬走。奶奶对我好，我要服侍服侍她……"非亲非故，来历不明，还口口声声"奶奶，奶奶"叫得挺亲，就是不搬走，图什么呢？村里负责的人想到了老妪的一间半祖屋。这个小人精，不图房子，还图什么？于是，在老妪状态稍好的某日，村里负责的人带着一男一女来到了老妪家里，他介绍那男的是县公证处的，女的是位律师。他开门见山地对老妪说，她应该在临死前做出决定，将一间半祖屋留给村里。那屋子是可以改装成门面房的，稍加改装以后，或卖或租，钱数都很可观。

老妪说："行啊！"村里负责的人又说："那你就在这张

纸上按个手印吧！"老妪不高兴了："我觉得，我一时死不了。"村里负责的人急了："所以趁你还明白，才让你按手印嘛！"老妪就不理他们三个男女，把身子一转，背朝他们了……村里负责的人没主意了，找来另外几个有主意的人商议，他们都认为老妪完全有可能被那外省的小妖精蛊惑了，已经按手印留下了什么遗嘱，把一间半祖屋"赠给"那小妖精了……口口相传，几个人所担心的事情，一夜之间，仿佛成了确凿之事。是可忍，孰不可忍？岂能让不相干的人占了便宜？于是全村男女老少同仇敌忾起来。没人愿意去照顾那糊涂的老妪了……少女就连她那份儿工作也不能干了……

村里人们的心，暗中拧成了一股劲儿——你不是哭着闹着要服侍吗？你一个人好好服侍吧！服侍得再好也是枉费心机，企图占房子？法庭上见吧！十几天后，老妪走了。老妪攒下的钱不够发送自己，少女为她买了一套寿衣……又过了几天，那少女也消失了，没跟村里任何人告别，也没留下封信……

村里负责的人竟不知拿老妪那一间半祖屋怎么办才好了。景区内的门面房是在涨价。但他不敢自作主张改造、装修或租或售，因为他怕有一天少女突然出现，手里拿一份什么证明，使村里损失了改造费或装修费，甚至落个非法出售或出租的罪名……

那景区至今依然游人如织。那水车至今还在日夜转动。那一间半老屋子，至今还闲置着，越发破败了。再不改造和装修，不久就会倒塌了……

清名

倘非子诚的缘故，我断不会识得徐阿婆的。

子诚是我的学生，然细说嘛，也不过算是吧。有段时期，我在北京语言大学开"写作与欣赏"课，别的大学的学子，也有来听的，子诚便是其中的一个。他爱写散文，偶作诗，每请我看。而我，也每在课上点评之。由是，关系近好。

子诚的家，在西南某山区的茶村，小。他已于去年本科毕业，当了京郊一名"村官"。今年清明后，他有几天假，约我去他的老家玩。我总听他说那里风光旖旎，禁不住动员，成行。斯时茶村，远近山廓，美轮多姿。树、竹、茶拢，浑然而不失层次，绿如滴翠。

翌日傍晚，我见到了徐阿婆。那会儿茶农们都背着竹篓或拎着塑料袋子前往茶站交茶。大叶茶装在竹篓，一元一斤；芽茶装在塑料袋里，二十元一斤。一路皆五六十岁男女，络绎不绝。七十岁以上长者约半数，中年男子或妇女，委实不多。尽管勤劳地采茶，好手一年是可以挣下五六千元的，但年轻人还是更愿到大城市去打工。

子诚与一老妪驻足交谈。我见那老妪，一米六七八的个子，腰板挺直，满头白发，不矜而庄。老妪离后，我问子诚她的岁数。

"八十三了。"

"八十三还采茶？！"我不禁向那老妪背影望去，敬意油然而生。

子诚告诉我——一九四九年前，老人家是出了名的美人儿。及嫁龄，镇上乃至县里的富户争娶，或为儿子，或欲纳妾，皆拒，嫁给了镇上一名小学教师。后来，丈夫因为成分问题，回村务农。然知识化了的男人，比不上普通农民那么耐得住山村的寂寞生活，每年清明前，换长衫游走于各村"说春"。当年当地，农村人都是文盲，连皇历也看不懂的。她丈夫有超强记忆，一部皇历倒背如流。"说春"就是按照皇历的记载，预告一些节气与所谓凶吉日的关系而已。但一般告诉，则不能算是"说春"。"说春人"之"说春"，基本上是以唱代说。不仅要记忆好，还要嗓子好。她的丈夫嗓子也好。还有另一本事，便是脱口成秀。"说"得兴浓，别人随意指点什么，竟能就什么唱出一套套合辙押韵的掌故来，百指而难不倒，像是现今的"RAP歌手"。于是，使人们开心之余，自己也获得一碗小米。在人们，那是享受了娱乐的回报。在他自己，是·种个人价值体现的满足。所谓与人乐，其乐无穷。不久农村开展"破除迷信"运动，原本皆大开心之事，遂成罪过。丈夫进了学习班，"说春人娘子"一急之下，将他们的家卖到了仅剩自己穿着的一身衣服的地步，买了两袋小米，用竹篓一袋袋背着，挨家挨户一碗碗地还。乡亲们过意不去，都批评她未免太过认真。她却说——我丈夫是"学知人"，我是"学知人"的妻子。对我们，清名重要。若失清名，家便也没什么要紧了。理解我的，就请都将小米收回了吧！……

工作组组长了解到那一情况，愕然，继而肃然。对其丈夫谆谆教诲了几句，亲自送回家，并对当年的阿婆好言安抚……

我问："现在她家状况如何？为什么还让八十三岁的老人家采茶卖茶呢？"

子诚说："阿婆得子晚，六十几岁时，三十几岁的独生儿子病故了。媳妇改嫁，带着孙子远走高飞，早已断了音信。从那以后，她一直一个人过活。七八年前，将名下分的一亩多茶地也退给村里了……"

"这么大岁数，又是孤独一人，连地都没了，可怎么活呢？"

"县里有政策，要求县镇两级领导班子的干部，每人认养一位老村的鳏寡孤独老人，保障后者的一般生活需求，同时两级政府给予一定补贴……"

我不禁感慨："多好的举措……"

不料子诚却说："办法是很好，多数干部也算做得比较负责任。只是，阿婆的命太不好，偏偏承担保障她生活责任的县里的那位副县长，明面是爱民的典范，背地里贪污受贿，酒色财赌黑，五毒俱全，原来不是个东西，三年前被判了重刑……"

我一时失语，良久才问出一句话是："黑指什么？"

"就是黑恶势力呀。"

我又失语，不想再问什么，只默默听子诚在说："阿婆知道后，竟连自己的名誉也受了玷污，一下子病倒了。病好后，她开始替茶地多的人家采茶，一天采了多少斤，按当日茶价的五五分成。老人家眼力不济了，手指也没了准头，根本采不了芽茶了，只能采大叶茶，早出晚归，平均下来，一天也就只能挣到五六元钱而已。她一心想要用自己挣的钱，把那副县长助济她的钱给退还清了……"

"可……这……难道就没有人认为应该告诉老人家，她完全不必那样做吗？……"方才仿佛被割掉了舌的我，终于又能说出话来。而且，说得激动。

"许多人都这么劝过的，可老人家她听不进去啊。"子诚的话，却说得异常平静。不待我再说什么，问什么，子诚的一句话，使我顿时又失语了。

他说："今年年初，老人家患了癌症。"我，极愕。"几乎村里所有人都知道了。她自己也知道了。不过，她装作自己一点儿也不知道的样子，就靠自己腌的咸菜，每日喝三四碗糙米粥，仍然早出晚归地采大叶茶。有人说，那是因为她岁数大脏器都老化了，所以不觉得多么疼了……他们的说法有道理吗？……"

"我……不太清楚……"我的确不太清楚。我心愀然。进而，怆然。那天晚上，我要求子诚转告老人家，有人愿意替她退还尚未"还"清的一千二三百元钱。子诚说："转告也是白转告……"我恼了，训道："明天，你必须那么对她说！"

第二天，还是傍晚时，我站在村道旁，望着子诚和老人家说话。才一两分钟后，他二人的谈话便结束了。老人背着竹篓，尽量，不，是竭力挺直身板，从我眼前默默走过。子诚也沮丧地走到了我跟前，嗫嚅道："我就料到根本没用的嘛……""我要听的是她的原话！""她说，谢了。还说，人的一生，好比流水。可以干，不可以浊……"我不仅失语，竟至于羞愧了。以后几日的傍晚，我一再看见徐阿婆往返于送茶路上，背着编补过的竹篓，竭力挺直单薄的身板。然而其步态，是那么蹒跚，使我联想到衰老又顽强的朝圣者，去向我所不晓的什么圣地。有一天傍晚下雨，她戴顶破了边沿的草帽，用塑料罩住竹篓，却任雨淋湿衣服……

那曾经的草根族群中的美女；那八十三岁的、身患癌症的、竭力挺直身板的茶村老妪，又使我联想到古代的，镇定地赴往生命末端的独行侠……

似乎，我倾听到了那老妪的心音：清名、清名……反反复复，二字而已。不久前，子诚从他当"村官"的那个村子打来电话，告诉我徐阿婆死了。"她，那个……我的意思是……明白我在问什么吗？……"我这个一向要求学生对人说话起码表意明白的教师，那一时刻语无伦次。

"听家里人说，她死前几天才还清那笔钱……老人家认真到极点，还央求村支书为她从县里请去了一名公证员……现在，有关方面都因为那一笔钱而尴尬……"

我不复能说出话来，也不知自己是什么时候放下电话的。想到我和子诚口中，都分明地说过"还"这个字，顿觉对那看重自己清名的老人家，无疑已构成了人格的侮辱。

清名、清名……这不实惠反而累人自讨苦吃的"东西"呀，难怪今人都避得远远的，唯恐沾上了它！我之羞惭，因我亦如此……

玉顺嫂的股

九月出头，北方已有些凉。

我在村外的河边散步时，晨雾从对岸铺过来。庄稼地里，割倒的苞谷秸不见了，一节卡车的挂斗车厢也被隐去了轮，像江面上的一条船。

这边的河岸蓊生着狗尾草，草穗的长绒毛吸着显而易见的露珠，刚浇过水似的。四五只红色或黄色的蜻蜓落在上边，翅子低垂，有一只的翅膀几乎是在搂抱着草穗。它们肯定昨晚就那么落着了，一夜的霜露弄湿了翅膀，分明也冻得够呛。不等到太阳出来晒干双翅，大约是飞不起来的。我竟信手捏住了一只的翅膀，指尖感觉到了微微的水湿。可怜的小东西们接近着麻木了，由麻木而极其麻痹。那一只在我手中听天由命地缓缓地转动着玻璃球似的头，我看着这种世界上眼睛最大的昆虫因为秋寒到来而丧失了起码的警觉，一时心生出忧伤来。"穿花蛱蝶深深见，点水蜻蜓款款飞"的季节过去了，它们的好日子已然不多，这是确定无疑的。它们不变得那样还能怎样呢？我轻轻将那只蜻蜓放在草穗上，而小东西随即又垂拢翅膀搂抱着草穗了。河边土地肥沃且水分充足，狗尾草占尽生长优势，草穗粗长，草籽饱满，看去更像狗尾巴了。

"梁先生……"

我一转身，见是个少年。雾已漫过河来，他如在云中，我也是。我在村中见到过他。

我问："有事？"

他说："我干妈派我，请您到她家去一次。"

我又问："你干妈是谁？"

他腼腆了，讷讷地说："就是……就是……村里的大人都叫她玉顺嫂那个……我干妈说您认识她……"

我立刻就知道他干妈是谁了。

这是个极寻常的小村，才三十几户人家，不起眼。除了村外这条河算是特点，此外再没什么吸引人的方面。我来到这里，是由于盛情难却。我的一位朋友在此出生，他的老父母还生活在村里。村里有一位民间医生善推拿，朋友说治颈椎病是他的"绝招"。我每次回哈尔滨，那朋友是必定得见的。而每次见后，他总是极其热情地陪我回来治疗颈椎病。效果姑且不谈，其盛情却是只有服从的。算这一次，我已来过三次，已认识不少村人了。玉顺嫂是我第二次来时认识的——那是冬季，也在河边。我要过河那边去，她要过河这边来，我俩相遇在桥中间。

"是梁先生吧？"——她背一大捆苞谷秸，望着我站住，一脸的虔敬。

我说是。她说要向我请教问题。我说那您放下苞谷秸吧。她说背着没事儿，不太沉，就几句话。

"你们北京人知道的情况多，据你看来，咱们国家的股市，前景到底会怎么样呢？"

我不由得一愣，如同鲁迅在听祥林嫂问他：人死后究竟是有灵魂的吗？

她问得我心里咯噔一下。

我是从不炒股的。然每天不想听也会听到几耳朵，所以也算了解点儿情况。

我说："不怎么乐观。"

"是吗？"——她的双眉顿时紧皱起来了。同时，她的身子似乎顿时矮了，仿佛背着的苞谷秸一下子沉了几十斤。那不是弯腰所致，事实上她仍尽量在我面前挺直着腰。给我的感觉不是她的腰弯了，而是她的骨架转瞬间缩巴了。

她又说："是吗？"——目光牢牢地锁定我，竟有些发直，我一时后悔。

"您……也炒股？"

"是啊，可……你说不怎么乐观是什么意思呢？不怎么好？还是很糟糕？就算暂时不好，以后必定又会好的吧？村里人都说会的。他们说专家们一致是看好的。你的话，使我不知该信谁了……只要沉住气，最终还是会好的吧？"

她一连串的发问，使我根本无言以对，也根本料想不到，在这么一个仅三十几户人家的小村里，会一不小心遇到一名股民，还是农妇！

我明智地又说："当然，别人的看法肯定是对的……至于专家们，他们比我有眼光。我对股市行情太缺乏研究，完全是外行，您千万别把我的话当回事儿……否极泰来，否极泰来……"

"我不明白……"

"就是……总而言之，要镇定，保持乐观的心态是正确的……"

我敷衍了几句，匆匆走过桥去，接近着逃掉。

在朋友家，他听我讲了经过，颇为不安地说："肯定是玉顺嫂，你说了不该那么说的话……"

朋友的老父母也不安了，都说那可咋办？那可咋办？

朋友告诉我，村里人家多是王姓，如果从爷爷辈论，皆五服内的亲戚关系，也皆闯关东的山东人后代，祖父辈的人将五服内的亲戚关系带到了东北。排论起来，他得叫玉顺嫂姑。只不过，如今不那么细论了，概以近便的乡亲关系相处。三年前，玉顺嫂的丈夫王玉顺在自家地里起土豆时，一头栽倒死去了。那一年他们的儿子在上技校，他们夫妻已攒下了八万多元钱，是预备翻盖房子的钱。村里大部分人家的房子都翻盖过了，只她家和另外三四家住的还是从前的土坯房。丈夫一死，玉顺嫂没了翻盖房子的心思。偏偏那时，村里人家几乎都炒起股来。村里的炒股热，是由一个叫王仪的人煽乎起来的。那王仪曾是某大村里的中学的老师，教数学，且教得一向极有水平，培养出了不少尖子生，他们屡屡在全县甚至全省的数学竞赛中取得名次及获奖。他退休后，几名考上了大学的学生为谢师恩，凑钱买了一台挺高级的笔记本电脑送给他。不知从何日起，他便靠那台电脑在家炒起股来，逢人每喜滋滋地说：赚了一笔又赚了一笔。村人们被他的话拨弄得眼红心动，于是有人就将存款委托给他代炒。他则一一爽诺，表示肯定会使乡亲们都富起来。委托之人渐多，玉顺嫂最终也把持不住欲望，将自家的八万多元钱悉数交付给他全权代理了。起初人们还是相信他经常报告的好消息的。但消息再闭塞的一个小村，还是会有些外界的情况说法挤入的。于是有人起疑了，天天晚上也看起电视里的财经频道来。以前，人们是从不看那类频道的，每晚只选电视剧看。开始看那类频道了，疑心难免增大，有天晚上大家便相约了到王仪家郑重"咨询"。王仪倒也态度老实，坦率承认他代每一户人家头的股票全都损失惨重。还承认，其实他自己也将他们两口子多年辛苦挣下的十几万全赔进去了。他煽乎大家参与炒股，是想运用大家的钱将自家损失的钱捞回来……

他这么替自己辩护：我真的赚过！一次没赚过我也不会有那种想法。我利用了大家的钱确实不对，但从理论上讲，我和大家双赢的可能也不是一点儿没有！

愤怒了的大家哪里还愿多听他"从理论上"讲什么呢？就在他家里，当着他老婆孩子的面，委托给他的钱数大或较大的人，对他采取了暴烈的行动，把他揍得也挺惨。即使对于农民，当今也非仓里有粮、心中不慌的时代，而同样是钱钞为王的时代了。他们是中国挣钱最不容易的人。明知钱钞天天在贬值已够忧心忡忡的，一听说各家的血汗钱几乎等于打了水漂儿，又怎么可能不急眼呢？兹事体大，什么"五服"内"五服"外的关系，当时对于拳脚丝毫不是障碍了。第二天王仪离家出走了，以后就再没在村里出现过。他的家人说，连他们也不知他的下落了。各家惶惶地将所剩无几的股渣清了仓。

从此，这小村的农民们闻股变色，如同真实存在的股市是真真实实的蟒蛇精，专化形成性感异常的美女，生吞活咽幻想"共享富裕"的人。但人们转而一想，也就只有认命。可不嘛，些个农民炒的什么股呢？说到底自己被忽悠了也得怨自己，好比自己割肉喂猛兽了，而且是猛兽并没扑向自己，自己主动割上赶着喂的，疼得要哭叫起来也只能背着人哭、到旷野上去叫呀！

有的人，一见到或一想到玉顺嫂，心里还会备受道义的拷问与折磨——大家是都认命清仓了，却唯独玉顺嫂仍蒙在鼓里！仍在做着股票升值的美梦！仍整天沉浸于她当初那八万多元已经涨到了二十多万的幸福感之中。告诉她八万多元已损失到一万多了也赶紧清仓吧，于心不忍，怕死了丈夫不久的她承受不住真话的沉重打击；不告诉呢，又都觉得自己简直不是人了！

我的朋友及他的老父母尤其受此折磨，因为他们家与玉顺嫂的关系真的在"五服"之内，是更亲近的。

朋友正讲着，玉顺嫂来了。朋友一反常态，当着玉顺嫂的面一句接一句地数落我，极尽讽刺挖苦之能事，无非说我这个人一向不懂装懂，自以为是，由于长期被严重的颈椎病所纠缠，看什么事都变成了不可救药的悲观主义者云云。朋友的老父母也参与演戏，说我也曾炒过股，亏了几次，所以一谈到股市心里就没好气，自然念衰败经。我呢，只有嘿嘿讪笑，尽量表现出承认自己正是那样的。

玉顺嫂是很容易骗的女人。她高兴了，劝我多住几天。说大冬天的，按摩加上每晚睡热乎乎的火炕，颈椎病会有减轻。

我说是的是的，我感觉痛苦症状减轻多了，这个村简直是我的吉祥地……

玉顺嫂走后，我和朋友互相看看，良久无话。我想苦笑，却连一个苦的笑都没笑成。朋友的老父母则都喃喃自语。一个说："这算干什么？这算干什么……"另一个说："往后还咋办？还咋办……"

我跟那礼貌的少年来到玉顺嫂家，见她躺在炕上。她一边坐起来一边说："还真把你给请来了，我病着，不下炕了，你别见怪啊……"那少年将桌前的一把椅子摆正，我看出那是让我坐的地方，笑笑，坐了下去。我说不知道她病了，如果知道，会主动来探望她的。她叹口气，说她得了风湿性心脏病，一检查出来已很严重，地里的活儿是根本干不了啦，只能慢慢腾腾地自己给自己弄口饭吃了。我心一沉，问她儿子目前在哪儿。她说儿子已从技校毕业，在南方打工。知道家里把钱买成了股票后，跟她吵了一架，赌气又一走，连电话也很少打给她了。我心不但一沉，竟还疼了一下。她望着少年又说，多亏有他这个干儿子，经常来帮她做点儿事。

接着问少年："是叫的梁先生吗？"我替少年回答是的，夸了他一句。玉顺嫂也夸了他几句，话题一转，说她是请我来写遗嘱的。我一愣，急安慰她不要悲观，不要思虑太多，没必要嘛。玉顺嫂又叹口气，坚决地说："有必要啊！你别安慰我了，安慰我的话我听多了，没一句能对我起作用的。何况你梁先生是一个悲观的人，悲观的人劝别人不要悲观，那更不起作用了！你来都来了，便耽误你点儿时间，这会儿就替我把遗嘱写完吧……"

那少年从抽屉里取出纸、笔以及印泥盒，一一摆在桌上。在玉顺嫂那种充满信赖的目光的注视之下，我犹犹豫豫地拿起了笔。按照她的遗嘱，子虚乌有的二十二万多元钱，二十万留给她的儿子，一万元捐给村里的小学，一万元办她的葬事，包括修修她丈夫的坟，余下三千多元，归她的干儿子……

我接着替她给儿子写了封遗书，她嘱咐儿子务必用那二十万元给自己修一处农村的家园，说在农村没了家园的农民的儿子，人生总归是堪忧的。并嘱咐儿子千万不要也炒股，那份儿提心吊胆的滋味实在不好……

我回到朋友家里，将写遗嘱之事一说，朋友长叹道："我的任务总算完成了。希望由你这位作家替她写遗嘱，成了她最大的心愿……"我张张嘴，一个字也没说出来。序、家信、情书、起诉状、辩护书，我都替人写过不少。连悼词也曾写过几次的。遗嘱却是第一次写，然而是多么不靠谱的一份遗嘱啊！值得欣慰的是，同时代人写了一封语重心长的遗书，一位母亲留给儿子的遗书，一封对得住作家的文字水平的遗书……

这么一想，我心情稍好了点儿。第二天下起了雨。第三天也是雨天。第四天上午，天终于放晴，朋友正欲陪我回哈尔滨，几个村人匆匆来了，他们说玉顺嫂死在炕上。朋友说："我不能陪你走了……"他眼睛红了。我说："那我也留下来送玉顺嫂入土吧，我毕竟是替她写过遗嘱的人。"

村人们凑钱将玉顺嫂埋在了她自家的地头她丈夫的坟旁，也凑钱替她丈夫修了坟。她儿子没赶回来，唯一能与之联系的手机号码被告诉停机了。

没人敢做主取出玉顺嫂的股钱来用，怕被她那脾气不好的儿子回来时问责，惹出麻烦。那是一场极简单的丧事，却还是有人哭了。葬事结束，我见那少年悄悄问我的朋友："叔，干妈留给我的那份儿钱，我该跟谁要呢？"朋友默默看着少年，仿佛聋了，哑了。他求助地将目光望向我。我胸中一大团纠结，郁闷得有些透不过气来，同样不知说什么好。路边草丛之下，遍地死蜻蜓。一场秋雨一场寒……

看自行车的女人

　　想为那个看自行车的女人写下篇文字的念头，已萌生在我心里很久了。事实上我也一直觉得还会见到她，果然那样，我就不写她了。却再也没见到。北京太大，存自行车的地方太多，她也许又到别处做一个看自行车的女人去了。或者，又受到什么欺辱，憋屈无人可诉，便回家乡去了？总之我没再见到过她……

　　而我第一次见到她，是在北京一家牙科医院前边的人行道上：一个胖女人企图夺她装钱的书包，书包的带子已从她肩头滑落，搭垂在她手臂上。她双手将书包紧紧搂于胸前，以带着哭腔的声音叫嚷着："你不能这样啊，你不能这样啊，我每天挣点儿钱多不容易啊！……"

　　那绿色的帆布的书包，看上去是新的。我想，她大约是为了她在北京找到的这一份看自行车的工作才买的。从前的年代，小学生们都背着那样的书包上学。现在，城市里的小学生早已不背那样的书包了，偶尔可见摆地摊的小贩还卖那样的书包，一种赖在大城市消费链上的便宜货。看自行车的女人四十余岁，身材瘦小，脸色灰黄。她穿着一套旧迷彩服，居然的，还戴着一顶也是迷彩的单帽，而足下是一双带扣襻儿的旧布鞋，没穿袜子，脚面晒得很黑。那一套迷彩服，连那一顶帽子，当然都非正规军装。地摊上也有卖的，十元钱可以都买下来。总之，她那么一种穿戴，使她的模样看去不伦不类，怪怪的。单帽的帽舌卡得太低，压住了她的双眉。帽舌下，那看自行车的女人的两只眼睛，呈现着莫大而又无助的惊恐。

我从围观者们的议论中听明白了两个女人纠缠不休的原因：那身高马大的胖女人存上自行车离开时，忘了拿放在自行车筐里的手拎袋，匆匆地从医院里跑回来找，却不见了，丢了。她认为看自行车的外地女人应该负责任。并且，怀疑是被看自行车的外地女人藏匿了起来。

"我包里有三百元钱，还有手机，你'丫挺'的敢说你没看见！难道我讹你不成吗？！……"

胖女人理直气壮。

看自行车的女人可怜巴巴地说："我确实就没看见嘛！我看的是自行车，你丢了包儿也不能全怪我……你还兴许丢别处了呢……"

"你再这样说我抽你！"——胖女人一用力，终于将看自行车的女人那书包夺了去，紧接着将一只手伸入包里去掏，却只不过掏出了一把零钱。五六十辆一排自行车而已，一辆收费两毛钱，那书包里钱再怎么多，也多不过十几元啊。

"当"的一声，一只小铁碗抛在看自行车的女人脚旁，抢夺者骑上自己的自行车，带着装有十几元零钱的别人的书包，扬长而去。我想，那与其说是经济的补偿，毋宁说更是图一种心理平衡的行为。我居京二十余年，第一次听一个北京的中年妇女口中说出"丫挺"二字。我至今对那二字的意思也不甚了了，但一直觉得，无论男女，无论年龄，口中一出此二字，其形其状，顿近痞邪。

看自行车的女人，追了几步，回头看着一排自行车，情知不能去追，也情知是追不上的，慢慢走到原地，捡起自己的小铁碗，瞧着发愣。忽然，头往身旁的大树上一抵，呜呜地哭了。那单帽的帽舌，压折在她的额和树干之间……

我第二次见到她，是在北京的一家书店门外。那家书店前一天在晚报上登了消息，说第二天有一批处理价的书卖。我的手，和一只女人的黑黑瘦瘦的手，不期然地伸向了同一本书——《英汉对照词典》。我一抬头，认出了对方正是那个看自行车的女人，不由得将伸出的手缩了回来。我家小阿姨莲花嘱我替她捎买一本那样的书，不知那看自行车的女人替什么人买。看自行车的女人那天没再穿那套使她的样子不伦不类的迷彩服，也没戴迷彩单帽，而穿了一身洗得干干净净的蓝布衫裤。我的手刚一缩回，她赶紧地将那一本书拿起在手中，急问卖书人多少钱。人家说二十元，她又问十五元行不行。人家说一本新的要卖四十元呢！你买不买？不买干脆放下，别人还买呢！看自行车的女人就将一种特别无奈的目光望向了我，她的手却仍不放那词典。我默默转身走了。

我听到她在背后央求地说："卖给我吧，卖给我吧，我真的就剩十五元钱了！你看，十五元六角，兜里再一分钱也没有了！我不骗你，你看，我还从你们这儿买了另外几本书哪！……"

又听卖书的人好像不情愿似的："行行行，别啰唆了，十五元六拿去吧！"

……

后来，那女人又在一家商场门前看自行车了。一次，我去那家商场买蒸锅，没有大小合适的，带着的一百元钱也就没破开。取自行车时，我没想到看自行车的人会是她，心怀歉意地说："忘带存车的零钱了，一百元你找得开吗？"我那么说时表情挺不自然，以为她会朝不好的方面猜度我。因为一个人从商场出来，居然说自己兜里连几角零钱都没有，是不大可信的。她望着我愣了愣，似乎要回忆起在哪儿见过我，又似乎仅仅是由于我的话而发愣。也不知她是否回忆起了什么，总之她一笑，很不好意思地说："那就不用给钱了，走吧走吧！"——她当时那笑，给我留下很深的印象。我们许多人，不是已被猜度惯了吗？偶尔有一次竟不被明明有理由猜度我们的人所猜度，于我们自己反倒是很稀奇之事了。每每的，竟至于感激起来。

我当时的心情就是那样。应该不好意思的是我，她倒那么的不好意思。仅凭此点，以我的经验判断，在牙科医院前的人行道上发生的那件事中，这外地的看自行车的女人，她是毫无疑问地被欺负了……这世界上有多少事的真相，是在众目睽睽的情况之下被掩盖甚至被颠倒了啊！这么一想，我不禁替她不平……

我第二次去那家商场买到了我要买的那种大小的蒸锅，付存车费时我说："上次欠你两毛钱，这次付给你。"我之所以如此主动，并非想要证明自己是一个多么多么诚信的人。我当时丝毫也没有这样的意识。倒是相反，认为她肯定记着我欠她两毛钱存车费的事，若由她提醒我，我会尴尬的。不料她又像上次那样愣了一愣。分明的，她既不记得我曾欠她两毛钱存车费的事了，也不记得我和她曾要买下同一本词典的事了。可也是，每天这地方有一二百人存自行车取自行车，她怎么会偏偏记得我呢？对于那个外地的看自行车的女人，这显然是一份比牙科医院门前收入多的工作。我看出她脸上有种心满意足的表情。那套迷彩服和那顶迷彩单帽，仿佛是她看自行车时的工作装，照例穿戴着。依然赤脚穿着那双旧布鞋，依然用一只绿色的帆布小书包装存车费。

"不用啊不用啊。"她又不好意思起来，硬塞还给了我两毛钱。我觉得，她特别希望给在这里存自行车的人一种良好的印象。我将装蒸锅的纸箱夹在车后座上，忍不住问了她一句："你哪儿人？"

"河南。"她的脸，竟微微红了一下；我于是想到了那是为什么，便说："我家小阿姨也是河南人。"

她默默地，有些不知说什么好地笑着。

"来北京多久了？"

"还不到半年。"

"家乡的日子怎么样呢？"

"不容易过啊……再加上我儿子又上了大学……"她将"大学"两个字说出特别强调的意味，顿时一脸自豪。

"嗯？在一所什么大学？"

她说出了一座我陌生的河南城市的名字。我知近年某些省份的地区级城市的师范类专科学院，也有改挂大学校牌的，就没再问什么。

我推自行车下人行道时，觉得后轮很轻。回头一看，见她的一只手替我提着后轮呢。骑上自行车刚蹬了几下，纸箱掉了。那看自行车的女人跑了过来，从书包里掏出一截塑料绳……

北京下第一场雪后的一天晚上，北影一位退了休的老同志给我打电话，让我替他写一封表扬信寄给报社。他要表扬的，就是那个河南的看自行车的女人。他说他到那家商场去取照片，遇到熟人聊了一会儿，竟没骑自行车走回了家，拎兜也忘在自行车筐里了……

"拎兜里有几百元钱，钱倒不是我太在乎的。我一共洗了三百多张老照片啊！干了一辈子摄影，那些老照片可都是我的宝呀！吃完晚饭天黑了我才想起来，急急忙忙打的去存车那地方，你猜怎么着？就剩我那一辆自行车了！人家看自行车那女人，冷得受不了，站在商店门里，隔着门玻璃，还在看着我那辆旧自行车哪！而且，替我将我的拎兜保管在她的书包里。人心不可以没有了感动呀是不是？人对人也不可以不知感激是不是？……"

北影退了休的摄影师在电话里恳言切切。我满口应承照办照办。然而过后事一多，所诺之事竟彻底忘了。

不久前我又去那家商场买东西，见看自行车的人已经换了，是一个外地的男人了。我问，原先那个看自行车的女人呢？他说走了。我问为什么她走了呢。他说，还能为什么呢？那就是她不称职呗！我们外地人在北京挣这一份工作，那也是要凭竞争能力的！我心黯然，替那看自行车的女人。并且，也有几分替她那在一所默默无闻的大学里读书的儿子……

我想问她到哪里去了？张张嘴，却什么也没有再问。

我不知她从农村来到城市，除了看自行车，还能干什么。如果她仍在北京的别处，或别的城市里做一个看自行车的人，我祈祝她永远也不会再碰到什么欺负她的人，比如那个抢夺了她书包的胖女人。

阳光底下，农村人，城市人，应该是平等的。弱者有时对这平等反倒显得诚惶诚恐似的，不是他们不配，而是因为这起码的平等往往太少，太少……

我和橘皮的往事

多少年过去了，那张清瘦而严厉的、戴六百度黑边近视镜的女人的脸，仍时时浮现在我眼前，她就是我小学四年级的班主任。想起她，也就使我想起了一些关于橘皮的往事……

其实，校办工厂并非今天的新事物。当年我的小学母校就有校办工厂，不过规模很小罢了。专从民间搜集橘皮，烘干了，碾成粉，送到药厂去，所得加工费，用以补充学校的教学经费。

有一天，轮到我和我们班的几名同学去那小厂房里义务劳动。一名同学问指派我们干活的师傅，橘皮究竟可以治哪几种病？师傅就告诉我们，可以治什么病，尤其对平喘和减缓支气管炎有良效。

我听了暗暗记在心里。我的母亲，每年冬季都为支气管炎所苦，经常喘作一团，憋红了脸，透不过气来。可是家里穷，母亲舍不得花钱买药，就那么一冬季又一冬季地忍受着，一冬季比一冬季气喘得厉害。看着母亲喘作一团，憋红了脸透不过气来的痛苦样子，我和弟弟妹妹每每心里难受得想哭。我暗想，一麻袋又一麻袋，这么多这么多橘皮，我何不替母亲带回家一点儿呢？……

当天，我往兜里偷偷揣了几片干橘皮。

以后，每次义务劳动，我都往兜里偷偷揣几片干橘皮。

母亲喝了一阵子用干橘皮泡的水，剧烈喘息的时候分明地减少了，起码我觉着是那样。我内心里的高兴，真是没法儿形容。母亲自然问过我——从哪儿弄的干橘皮？我撒谎，骗母亲，说是校办工厂的师傅送的。母亲就抚摩我的头，用微笑表达她对她的一个儿子的孝心所感受到的那一份儿欣慰。那乃是穷孩子的母亲们普遍的最由衷的也是最大的欣慰啊！……

不料想，由于一名同学的告发，我成了一个小偷、一个贼。先是在全班同学眼里成了一个小偷、一个贼，后来是在全校同学眼里成了一个小偷、一个贼。

那是特殊的年代。哪怕小到一块橡皮、半截铅笔，一旦和"偷"字连起来，也足以构成一个孩子从此无法刷洗掉的耻辱，也足以使一个孩子从此永无自尊可言。每每的，在大人们互相攻讦之时，你会听到这样的话——"你自小就是贼！"——那贼的罪名，却往往仅由于一块橡皮、半截铅笔。那贼的罪名，甚至足以使一个人背负终生。即使往后别人忘了，不再提起了，在他或她内心，也是铭刻下了。这一种刻痕，往往扭曲了一个人的一生，改变了一个人的一生，毁灭了一个人的一生……

在学校的操场上，我被迫当众承认自己偷了几次橘皮，当众承认自己是贼。当众，便是当着全校同学的面啊！……

于是我在班级里，不再是任何一个同学的同学，而是一个贼。于是我在学校里，仿佛已经不再是一名学生；而仅仅是，无可争议地是一个贼、一个小偷了。

我觉得，连我上课举手回答问题，老师似乎都佯装不见，目光故意从我身上一扫而过。

我不再有学友了。

我处于可怕的孤立之中。

我不敢对母亲讲我在学校的遭遇和处境，怕母亲为我而悲伤……

当时我的班主任老师，也就是那一位清瘦而严厉的、戴六百度近视镜的中年女教师，正休产假。

她重新给我们上第一堂课的时候，就觉察出了我的异常处境。

放学后她把我叫到了僻静处，而不是教员室里，问我究竟做了什么不光彩的事。

我哇地哭了……

第二天，她在上课之前说："首先我要讲讲梁绍生（我当年的本名）和橘皮的事。他不是小偷，不是贼。是我嘱咐他在义务劳动时，别忘了为老师带一点儿橘皮。老师需要橘皮掺进别的中药治病。你们再认为他是小偷，是贼，那么也把老师当作是小偷，是贼吧！……"

第三天，当全校同学做课间操时，大喇叭里传出了她的声音。说的是她在课堂上所说的那番话……

从此我又是同学的同学，学校的学生，而不再是小偷，不再是贼了。从此我不想死了……

我的班主任老师，她以前对我从不曾偏爱过，以后也不曾。在她眼里，以前和以后，我都只不过是她的四十几名学生中的一个，最普通的最寻常的一个……

但是，从此，在我心目中，她不再是一位普通的老师了。尽管依然像以前那么严厉，依然戴六百度的近视镜……

在"文革"中，那时我已是中学生了，没给任何一位老师贴过大字报。我常想，这也许和我永远忘不了我的小学班主任老师有某种关系。没有她，我不太可能成为作家。也许我的人生轨迹将彻底地被扭曲、改变，也许我真的会变成一个贼，以我的堕落报复社会。也许，我早已自杀了……

以后我受过许多险恶的伤害，但她使我永远相信，生活中不只有坏人，像她那样的好人是确实存在的……因此我应永远保持对生活的真诚热爱！

丢失的香柚

　　"大串联"时期，我从哈尔滨到了成都，住气象学校，那一年我才十七岁。头一次孤独离家远行。

　　第二天我病倒了。接连多日，和衣裹着一床破棉絮，蜷在铺了一张席子的水泥地的一角发高烧。

　　高烧初退那天，我睁眼看到一张忧郁而文秀的姑娘的脸，她正俯视我。我知道，她就是在我病中服侍过我的人。

　　我说："谢谢你，大姐。"看去她比我大两三岁。

　　一丝悱然的淡淡的微笑浮现在她脸上。

　　她问："你为什么一个人从大北方串联到大南方来呀？"

　　我告诉她，我并不想到这里来和什么人串联，我父亲在乐山工作，我几年没见他的面了，想他。并委托她替我给父亲拍一封电报，要父亲来接我。

　　隔日，我能挣扎着起身了，她又来看望我，交给了我父亲的回电——写着"速回哈"三个字。

我失望到顶点，哭了。

她劝慰我："你应该听你父亲的话，别叫他替你担心，乐山乱极了！"

我这时才发现，她戴的是黑纱。

我说："怎么回去呢？我只剩几毛钱了！"虽然乘火车是免费的，可千里迢迢，身上总需要带点钱啊！

她沉吟片刻，一只手缓缓地伸进衣兜，掏出五元钱来，惭愧地说："我是这所学校的学生，'黑五类'。我父亲刚去世，每月只给我九元生活费，就剩这五元钱了，你收下吧！"她将钱塞在我手里，拿起笤帚，打扫厕所去了。

我第二天临行时，她又来送我。走到气象学校大门口，她站住了，低声说："我只能送你到这儿，他们不许我迈出大门。"她从书包里掏出一个柚子给了我，"路上带着，顶一壶水。"

空气里弥漫着柚香。我说："大姐，你给我留个通信地址吧！"

她注视了我一会儿，低声问："你会给我写信吗？"

我说："会的。"

她那么高兴，便从她的小笔记本上扯下一页纸，认认真真给我写下了一个地址，交给我时，她说："你们哈尔滨不是有座天鹅雕塑吗？你在它前边照张相寄给我好吗？"

我默默地点了一下头。我走出很远，转身看，见她仍呆呆地站在那里，目送着我。

路途中缺水，我嘴唇干裂了，却舍不得吃那个柚子。在北京转车时，它被偷走了。

回到哈尔滨的第二天，我就到松花江畔去照相。天鹅雕塑已被砸毁了。满地碎片。一片片仿佛都有生命，淌着血。

我不愿让她知道天鹅雕塑砸毁了，就没给她写信……

去年，听说哈尔滨的天鹅雕塑又复雕了，我专程回了一次哈尔滨，在天鹅雕塑旁照了一张相，彩色的。按照那页发黄的小纸片上的地址，给那位铭记在我心中的大姐写了一封信，信中夹着照片。

信被退回来了。

信封上，粗硬的圆珠笔字写的是——"查无此人"。她哪里去了？想到有那么多我的同龄人"消失"在十年动乱之中了，我的心便不由得悲哀起来。

羊皮灯罩

此刻，羊皮灯罩拎在女人手里，女人站在灯具店门外，目光温柔地望着马路对面。过街天桥离地不远横跨马路。天桥那端的台阶旁是一家小小的理发铺。理发铺隔壁，是一间更小的板房，也没悬挂什么牌匾，只在窗上贴了四个红字"加工灯罩"。窗子被过街天桥的台阶斜挡了一半，从女人所伫立的地方，其实仅可见"加工"二字。

女人望着的正是那扇窗，目光温柔且有点儿羞赧，还有点儿犹豫不决。她已经驻足望了一会儿了。她似乎无视马路上的不息车流，耳畔似乎也听不到都市的喧杂之声。分明的，她不但在望着，内心里也在思忖着什么。

这一天是情人节。

女人另一只手拿着一枝玫瑰。

太阳在天空的位置刚刚西偏。一个难得的无风的好天气。春节使过往行人的脚步变得散漫了，样子也都那么悠闲。再过几天，就是这女人二十九岁生日了。在城市里，尤其是大都市里，二十九岁的女人，倘容貌标致，倘又是大公司的职员，正充分地挥发着"白领丽人"既妩媚又成熟的魅力。

这二十九岁的来自乡下的女人，虽算不上容貌标致，却幸运地有着一张颇经得住端详的脸庞。那脸庞上此刻也呈现着一种乡下水土所养育的先天的妩媚，也隐书着城市生活所造就的后天的成熟。只不过她这一辈子怕是永远与"白领丽人"四字无缘了。因为她在北京这座全中国生存竞争最为激烈的大都市拼打了十余年，刚刚拼打出一小片属于自己的天地———一个雇了两名闯北京的乡下打工妹的小小包子铺。在那两名打工妹心目中，她却是成功人士，是榜样。她的业绩对她们的人生起着她自己意想不到的鼓舞作用。

她今天穿的是她平时舍不得穿的一套衣服。确切地说那是一套咖啡色的西服套装。对于一个二十九岁的女人，咖啡色是一种既不至于使她们给人以轻浮印象，也不至于看去显得老气的颜色。而黑色的弹力棉长袜，使她挺拔的两条秀腿格外引人注目。她脚上穿的是一双半高跟的靴子，脸上化着淡淡的妆。总之在北京二月这一个朗日，在知名度越来越高、影响着中国人的情人节的下午，这一个左手拎着一盏羊皮灯罩，右手拿着一枝红玫瑰，目光温柔且羞赧地望着马路对面那扇窗的，开家小小包子铺雇两名乡下打工妹的二十九岁的女人，要踏上离她不远的过街天桥"解决"一件对女人来说远比男人重大的事情。

那件事有的人叫作"爱"，有的人叫作"婚姻"。

其实她并不犹豫什么，也对结果抱着感觉特别良好的预期。她并非一个脱离现实的女人。北京对她最有益的教诲那就是——任何时候任何情况之下，都千万别变成一个脱离现实的人而自己懵懂不悟。她那一种感觉特别良好的预期，是马路对面那扇窗内的一个男人，不，一个青年的眼睛告诉给她的。尽管她比他大五岁，她却深信他们已心心相印。那是一双怎样的眼睛啊！充满自尊，也有点忧郁。对于那样一双眼睛，爱是无须用话语表达的。

灯具店的售货员要将她买了的羊皮灯罩包起时，她说不用。

"拎到马路对面去进行艺术雕刻吧？"

她点了一下头，一时的脸色绯红。

"凡是到我们这儿买这一种羊皮灯罩的，十有六七都拎到马路对面去加工。那小伙子特有艺术水平，不愧是专科艺术院校的学生。唉，可惜了，要不哪会沦落到那种……"

她怕被售货员姑娘看出自己脸红了，拎起羊皮灯罩赶紧离开。

一男一女从那小屋走出，女人所拎的和她买的是一模一样的羊皮灯罩。女人将灯罩朝向太阳擎举起来，转动着，欣赏着。男人一会儿站在女人左边，一会儿站在女人右边，一会儿又站在女人背后，也从各个角度欣赏。隔着马路，她望不到人家那羊皮灯罩上究竟刻着什么图案或字。却想象得到，对着太阳的光芒欣赏，一定会给人一种比灯光更美好的效果。艺术加工过的羊皮灯罩，内面是衬了彩纱的。或红，或粉，或紫，或绿，各色俱全，任凭选择。那男人一手搂在女人肩上，当街在女人颊上吻了一下。她想，如果他们不满意，是不会当街有那么情不自禁的举动的。于是她内心替那扇窗里的青年感到欣慰，甚而感到自豪。望着那一对男女坐入出租车，她不再思忖什么，迈着轻快的步子踏上了天桥台阶……

半年前的某日她到工商局去缴税，路过马路对面那扇窗。突然的，玻璃从里边被砸碎了，吓了她一大跳，紧接着传出一个男人的叫嚷声："你算什么东西？你怎么敢不经我们的许可给加了一个顿号？！你今天非得用数倍的钱赔我这灯罩不可！因为我的精神也受损失了！……"

于是很多行人停住了脚步。她也停住了脚步，但见小屋内一个衣着讲究的男人，正对一个坐在桌后的青年气势汹汹。男人身旁是一个脂粉气浓的女人，也挑眉瞪眼地煽风点火："就是，就是，赔！至少得赔五倍的钱……"

坐在桌后的青年镇定地望着他们，语调平静而又不卑不亢地说："赔是可以的。赔两个灯罩的钱也是可以的。但是赔五个灯罩的钱我委实赔不起，那我这一个月就几乎一分不挣了……"

同是外乡闯北京之人，她不禁同情起那青年来，也被那青年清秀的脸和脸上镇定的不卑不亢的神情所吸引。在北京，在她看来，许许多多男人的脸，都不同程度地存在着酒色财气浸淫和污染的痕迹，有的更因是权贵是富人而满脸傲慢和骄矜，有的则因身份卑下而连同形象也一块儿猥琐了，或因心术不正欲望邪狞而样子可恶。她对眼前大都市里的形形色色的男人形形色色的脸已极富经验，但那青年的脸是多么清秀啊！多么干净啊！是的，清秀又干净。她只有小学五年级文化。清秀和干净四字，是她头脑中所存有的对人的面容的最高评语。她认为她动用了那最高评语是恰如其分的。

人们渐渐地听明白了——那一对男女要求那青年在他们的羊皮灯罩上完完整整地刻下苏轼的一首什么似花非花的词，而那青年把其中一句用标点断错了。一位老者开口为青年讨公道。他说："没错。苏轼这一首词，是和别人词的句式作的。'恨西园、落红难缀'一句，之间自古以来就是断开的。"

那青年说："我就是这么告诉他们的。"语调仍平静得令人肃然起敬。

那男人指着老者说："你在这儿充的什么大瓣蒜，一边儿去。没你说话的份儿！"——他口中朝人们喷过来阵阵酒气。

老者说："我不是大瓣蒜。我是大学里专教古典诗词的教授。教了一辈子了。"

那女人说："我们是他的上帝！上帝跟他说话，他连站都不站起来一下！一个外地乡巴佬，凭点儿雕虫小技在北京混饭吃，还摆的什么臭架子！"

这时，理发铺里走出了理发师傅。理发师傅说："刚才我正理着发，离不开。"说着，他进入小屋，将挡住那青年双腿的桌子移开了。那青年的两条裤筒竟空荡荡的……

理发师傅又说："他能站得起来吗？他每天坐这儿，是靠几位老乡轮流背来背去的！他怕没法上厕所，整天都不敢喝口水！……"在众人谴责目光的咄咄盯视之下，那一对男女无地自容，拎上灯罩悻悻而去。有人问："给钱了吗？"青年摇头。有人说："不该这么便宜了他们！"青年笑笑，说跟一个喝醉了的人，有什么可认真的呢？……她从此忘不掉青年那一张清秀而又干净的脸了。后来她就自己给自己制造借口，经常从那扇窗前过往。每次都会不经意似的朝屋里望上一眼……再后来，每天中午，都会有一名打工妹，替她给他送一小笼包子。她亲手包的，亲手摆屉蒸的……再再后来，她亲自送了。并且，在他的小屋里待的时间越发地长了……终于，他们以姐弟亲昵相称了……二十九岁的这一个女人，因为迟迟地还没做妻子，已经有点儿缺乏回家乡的勇气了。二十九岁的这一个女人，虽然迟迟地还没做妻子，却有过十几次性的经历了。某种情况之下是自己根本不情愿的；某种情况是半推半就的。前种情况之下是为了生意得以继续；后种情况是由于心灵的深度寂寞……

现在，她决定做妻子了。她不在乎他残疾，深信他也不会在乎她比他大五岁。她此刻柔情似水。踏下天桥，站在那小屋门外时，却见里边坐的已不是那青年，而是别的一个青年。

人家告诉她，他"已经不在了"。他在大学三年级时不幸患了骨癌，截去了双腿。他来到北京，就是希望减轻家里的经济负担，靠自己的能力医治自己的病，可癌症还是扩散了……

人家给了她一盏羊皮灯罩，说是他留给她的，说他"走"前，撑持着为她也刻下了那首什么似花非花的词……

二十九岁的这一个外省的乡下女人，顿时泪如泉涌……

不久，她将她的包子铺移交给两名打工妹经营，只身回到乡下去了。很快她就结婚了，嫁给了一个四十多岁的二茬光棍。在她的家乡那一农村，二十九岁快三十岁的女人，谈婚论嫁的资本是大打折扣的。一年后她生了一个男孩儿，遂又渐渐变成了农妇。刻了什么似花非花词的羊皮灯罩，从她结婚那一天起，一直挂着，却一直未亮过。那村里的人都舍不得钱交电费，电业所把电线绕过村引开去了……

那羊皮灯罩已落满灰尘。

又变成了农妇的这一个女人，与村里其他农妇不同的是，每每低吟一首什么似花非花的词。只吟那一首，也只知道世上有那么一首词。吟时，又多半是在奶着孩子。每吟首尾，即"似花还似非花，也无人惜从教坠"和"细看来，不是杨花，点点是离人泪"二句，必泪潸潸下，滴在自己乳上，滴在孩子小脸上……

爱与机缘

　　三十六岁的女人，为人妻子已经十一年了。婚后第二年生了个女儿。但丈夫希望她生的是儿子。于是这女人仿佛有了罪，在丈夫面前逆来顺受，几乎由妻子的身份降低为婢女了。

　　女儿还未满周岁，丈夫进城打工去了。她所在的村并非一个穷村。人们只要勤劳，每家的小日子都能丰衣足食地过着。

　　丈夫是因为嫌弃她和他们的女儿才离乡的。这一点女人心里十分清楚。

　　女儿一岁半那一年的春节，丈夫回家过一次；女儿四岁那一年，丈夫第二次探家；女儿七岁那一年，丈夫在家里住的日子最短，才十几天。

　　至今丈夫再没回过家。起初还寄信回家，还寄钱回家；后来信写得短了，钱数少了；再后来只能收到钱，收不到信了……

　　终于，连钱也收不到了。

　　这样的事，在人世间是不少的呀。农村有，城市也有；中国有，外国也有。

所以朋友讲给我听时，我并不特别往心里去。

女人和朋友沾点儿亲，他对她的生活现状挺关注。

他接着讲到的事，竟使我也成了关心那女人的一个人。

她是一个省吃俭用的女人，一分也不乱花丈夫寄给她的钱。不仅小有积蓄，还盖了两架塑料棚，种时令菜蔬，每年收入也可以。她雇了一名外省的帮工，曾做过他三年半的女东家。

丈夫第三次探家以后她雇的那帮工，是一个流浪的打工者。有时也从城市流浪到农村，替别的农民种粮种菜。她是在县里的"劳力市场"上见到他的。询问了他一番，觉得他怪憨厚老实的。她又是个有心的女人，向劳力资格登记处的人方方面面地详细了解他。人家对她说只管放心地雇他。说他已经由这个"劳力市场"中介，被雇过数次了。没有雇主对他不满意的。

登记表上，写着那小伙子二十七岁，未婚。

"二十七岁了怎么还没成家呢？"

"这话问得，穷地方的人啊！就是为了挣点儿钱娶媳妇才离开家乡的嘛！"

于是她将他带回村里，带回了自己家，腾空院子里的仓房让他住。

小伙子是个尽职的人，责任心很强，将她家的两架大棚当成自己家的一样精心侍弄。她每年靠那两架大棚所获的收入自然更值得欣慰了。她也和气地对待他，不当他是外人。

　　当年春节前，小伙子要回家乡去了。她大方地多给了他二百元工钱，还买了些东西送给他。

　　他临走问她："东家，今年还雇我不？"她说："当然雇呀。不过你可以和老父母多团圆些日子。只要你五月底前能回来，我保证不雇别人。"

　　他走后，她想——这种关系，雇工哪有讲什么信用的？不可信他一过完春节就回来的话啊。他那么问我，无非因为我多给了他二百元工钱和些东西，他表示满意罢了。

　　她决定一开春就到"劳力市场"去再雇个人。

　　不料他初八就回到了她家里。她问他，为什么回来得这么急呀？

　　他说有点儿信不过她的保证，怕她雇下别人。

　　他说得老实。她听得笑了。那一年菜蔬过剩，很不好卖。卖不是小伙子分内的事。她雇他时双方面讲明确的，他只负责大棚里的菜蔬生长得好坏。但小伙子连他分外的事也主动承担起来了。幸亏有他尽心尽力，那一年她的大棚没亏损……

　　她更不当他是外人了。遇什么拿不定主意的事便愿与他商议，听听他的看法。他也简直将她的家当成自己的家了，眼里总是有活儿。从早到晚干这干那，使她看着过意不去……

她每每问他为什么不知道累呀？

他憨厚地笑笑说，从小就喜欢干活儿。

连她的女儿，也觉得他是除了妈妈外第二可亲的人了。

当年十一月份，她一想到往年过春节母女二人的寂寞，不免地忧上心头，怨挂眉梢。有一天她终于忍不住，试探地问他留下来陪她母女过春节行不行。

他犹豫片刻，坦率地说，那得允许他先回家乡一次，将老父老母送到至亲家去。他说否则他会觉得愧对父母，怕父母在春节喜庆的日子里倍感冷落。

她从他的话里听出，他是一个有孝心的儿子。也认为他的要求合情合理。提前与他结了工钱，放他走了。

春节是一天天地近着了。

过去一天，她就不免这么想——一个有孝心的儿子，怎么会已经回到了家乡，却不与老父老母团团圆圆地过春节，反而千里迢迢地赶回别省异地陪东家母女过春节呢？

东家就是东家，雇工就是雇工，双方之间是有利益得失互相算计的呀。关系处得再好那不过也是表面的现象呀。

然而他二十八那一天竟回到了她家，还带回了些他家乡的土特产。

多了一个男人，那一年春节，她的家里多了往年春节缺少的、除非男人才能带给一户人家的生气。

那一年春节女儿过得很开心。

她自己脸上也浮现着少有的愉快微笑了。

她不是一个感觉粗糙的女人。渐渐地，从小伙子在她面前常常无缘无故地脸红这一点，她看出他是爱上她这位女东家了。

而她自己呢，夜里扪心自问，也不得不承认，她也是多么喜欢他了啊！

但一想到她名分上是有丈夫的女人；一想到她大他三四岁；一想到两年来他一直是她的雇工，他们之间的关系一直清清白白；一想到他们之间如果有什么不该发生的事发生，即使无人知晓，自己在他面前还能维护住女东家的庄重形象吗？而倘若被外人觉察，口舌四播，自己还能在村里抬得起头来吗？

于是她又故意在他面前处处不苟言笑，严肃得十分可以了……

而那小伙子，他的身份是雇工，他对女东家的感情——不，让我们照直了说就是对女东家的爱吧，是没资格主动流露的呀。对于一名雇工，那将是多么不明智的事啊！她对他好，那是抬举他；而她某天上午说辞退他，他是不可以滞留到下午的啊！正因为他爱上她了，他希望自己别被辞退。正因为他怕被辞退，他比刚到她家时话更少了，更循规蹈矩了。

他像一只蚌，将对女主人的爱，严严密密地夹在心壳里。

在她那方面，亦如此。

她是妇道观念特别强的女人。他是特别本分的小伙子，在乎自己的品行端否，像传统的少女在乎贞操的存失。

爱这件事，在这样的两个人之间，注定了是不自然的，是极为尴尬的。

它明明发生了，却又被两个人处心积虑地、竭力地掩盖着。尽管他们的心灵与肉体都是那么渴望彼此亲近，彼此占有。哪怕是偷偷摸摸地，以类似通奸的方式⋯⋯

爱对于那一个男人和那一个女人，成了自己折磨自己也相互折磨之事。

然而他们的关系一直清清白白的。

他们从来也没想过那一种清清白白对他们各自的意义究竟何在。

因为，相对于人性，相对于爱，甚至，仅仅相对于本能的情欲和性的渴望，一对暗暗爱着的男女之间那一种清清白白的意义，是根本不可深思的。一旦深思，便极可疑。一旦质疑，便会如窗上的霜花遭到了蒸蒸热气的喷射，化作微不足道的水滴，并显现它的晶莹所包含的尘粒⋯⋯

又一年过去了。

身为东家的女人，首先经受不住那一种爱的非凡的折磨了。

那对一个有丈夫而又等于常年守寡的三十余岁的女人，可以想象是一种怎样的煎熬啊！倘若没有一个自己喜欢的男人则罢了。明明有的呀，明明就同她生活在一个院子里，想要看见一抬头就能近在咫尺地看见的呀！又明明清楚他是爱她的呀！

人有时和自己人性作对的那一种莫名其妙的坚决，大约是连上帝也会大惑不解和吃惊不已的吧？

有一天她对他推心置腹地说："我非常感激你对我这东家的忠诚呀。我想我再也雇不到比你更好更值得信赖的雇工了。现在呢，我请求你一件事——我希望你到城市里去把我的丈夫找回来。你会明白这件事对我有多么重要。我除了求你，还能求谁呢？……"

她说完，给了他一处她丈夫早年的通信地址和两千元钱。

而他只说了一个字："行。"

说得毫不犹豫。

于那女人，将丈夫找回来，确乎是她多年以来的凤愿。

但她偏偏请求于他，还有另外的原因——她想打发他走。打发他走了，她觉得自己被爱所折磨的心就会渐渐平静了。倘他竟能替她将丈夫寻找回来不是很好吗？她自信她已经懂得如何拴住她的丈夫，不使他离自己而去了。倘这个目的没达到，她对她的雇工的信赖，不也是打发他走的最温良的方式吗？这个主意是她想了几个夜晚才想出来的。她不愿伤害他。她觉得她替自己替他都考虑得够全面的了……

至于那小伙子当时做何想法，我们就不得而知了。

总之他第二天一早就离开了她的家……

半年内她没有他的任何音信。他仿佛泥牛入海，无影无踪于城市里了……

女人的心确乎地渐渐平静了。然而这绝不等于她能够彻底地忘掉他。

事实上她不能，事实上她经常想他。尤其在夜里，在女人的心最容易因孤独而苦闷的那种时候，她想他想得厉害，想得不知拿自己怎么办才好……

那种时候她就对自己说她应该嫌恶他，理由是他辜负了她对他的信赖。她进而认为，他是为了占那两千元的便宜才毫无音信的。

我多傻呀，我怎么可以信赖一名外省的雇工呢？难道女东家是可以信赖雇工的吗？那么还有哪种人是绝不能信赖的呢？

所幸自己和他的关系是清清白白的。

这么一想，她就又觉得，损失两千元而从此确保了清白，是极其值得的了。

然而半年后的某一天，他竟回到了她的家里，并带回了她的丈夫。

那年轻人头发很长，脸上长出了胡子，衣衫不整，还蒙尘吸土的。

他避开她的丈夫，抱歉地对她说，按照她给他的地址没找到她的丈夫。他不死心，钱花光了，一边打工一边继续找，找了几个省才终于找到她的丈夫。她的丈夫不肯跟他回来，他打了她丈夫两次，把他打怕了，他才不得不跟回来的……

她听了，一时竟不知对他说什么好。

他当天晚上就又离开了她的家。没告别，没留言，悄悄走的。

然而他替她找回来的是什么样的丈夫啊！丈夫起先在城市里学会了修理摩托，之后又学会了简单的汽车检修，挣了点钱；与人合伙开了个车辆修理铺。生意渐佳，钱包鼓了，就吃喝嫖赌起来。于是又把钱挥霍光了，把生意也断送了。乞讨过，骗过，抢过，被劳教过，却恶习难改。他本是没脸回家乡面对村人、面对妻子女儿的，既然回来了，就收了劣心安居乐业吧。可他已经变成另类人了，不可救药，某夜偷了家中所有现钞，又溜了……

几天后，那做妻的女人将女儿安排在一所学校里寄读，也离开村子到城市里去了。

她的目的极为明确——寻找男人。

不过，不是寻找是她丈夫的那个男人。

寻找一个四处漂泊的打工者不是一件容易之事。

她却发誓一定要找到。

她找到了。

两年后。

在他的家乡。

他已是丈夫了，而且刚刚做了父亲。她撒谎说不是去找他的，而是出远门路过他的家乡，一时心血来潮，想见他一面。

他知道她撒谎。因为他父母告诉过他，在他漂泊在外的日子，曾是他女东家的那个女人来找过他……

但他当时已将后来是他妻子的姑娘带回了家乡……

他留她住几天。

她自然不会住下的，连杯茶水也没喝完就走了……

寻找他的两年里她变老了三四岁。

回到村里后又变老了三四岁，而且变得性情乖张，难以相处了……

"才三十六岁，看去像四十六岁。而且变成个手不离烟的女人了！还经常喝酒，每喝必醉……"

朋友这么结束了叙述。

而我，连续几天里，每每思索不止。

最终，我悟到了这么一点——每个人的一生，难免会犯许多种错误。而有些错误，无论对于自己的人生还是他人的人生，往往是无法纠正的。此类错误似乎具有显明的宿命的特征。因而常被索性用"注定"两个字加以解释。其实不然，正是此类似乎无法纠正的错误，最多地包含着理性的误区。

理性强的人并不都是"好人"。

俗言的"好人"，却通常都是自设理性藩篱较多的人。

"好人"大抵奉行维名立品的人生原则。

但是，当"好人"的理性和"好人"的人性相冲突时，"好人"们又是多么可能犯难以纠正的错误啊！

离乡

这一个在月夜里踟行于村间的叫小芹的小女子，从十二岁到十八岁的六年里，先是见惯了女人们离乡，后是见惯了男人们离乡。终于，在这一个寂静的月亮好圆的夜晚，她自己也决定背井离乡了……——题记

九月的这一个夜晚，月亮好圆啊！

村子是静极了。那些在整个夏季里能吟善唱的鸣虫，这会儿也仿佛集体地"谢幕"了。没有了它们的声音，九月的这一个夜晚，静得似乎休克着了。

偶尔的，只有一种声音，从村子的这个或那个方向传来——是狗们在打哈欠，并用它们的语言嘟哝着几句梦话。

姗姗的，一个身影从村子的那一端向这一端走来。村子的住家很分散，村路也不规则，那人影儿一倏被宅墙隐住了，一倏转现了，像幽灵，在寻认属于它的家门。

村子的这一端有一株柳树，树干很老很粗的一株柳树。然

而枝杈却是那么稀疏了，并且，树干弓似的弯曲着，看去宛若脱发而伛偻的老妪，在九月的这一个夜晚，在夜晚的这一个寂静悄悄的时分，呆立在那儿等着谁来领她回家……

身影儿走到树旁站住了。月亮从夜空上看出，身影儿是一个小女子，才十七八岁，将将到可以被认为是小女子的年龄。她站住了和老柳树并没什么关系。她恰恰走到那儿站住，只不过是因为她的心思恰恰在那一时刻有了反复。

造物主并不只将美好的身材和容貌赐给城市里的女子。它有时也和自己使性子，随心所欲的，甚至是故意的，一甩手就将女人的两种"黄金股"丢向了贫穷的农家。过几十年再看会有怎样富有戏剧性的人生演绎在人世间……

她幸运地有了美好的身材和美好的容貌。

这一个夜晚她决定离家出走。

她站在那儿是在做最后的考虑——走，还是不走？

正如戏剧舞台上的哈姆雷特迷惘地问自己——生，还是死？

这个村子所拥有的年轻女子已经不多了。确切地说，只剩下这一个叫小芹的了。

如果谁有兴趣统计一下，定会在中国发现这一规律——叫什么什么"qin"的女子千千万万，但城里人家的父母给出生的女儿起名时，大抵是用另一个"qin"字的，亦即钢琴的琴，当然也是提琴或其他琴的琴，尽管那些城里人家的父母也许从不操弓弄弦。

小芹站在那儿想，她还是得离乡出走。而且呢，到了城里以后，找工作时要将她的"芹"字写成"琴"字才好。一有机会，也得将她身份证上的"芹"字改成"琴"字。她想，她得从名字上首先变成一个城里女子。

从她十来岁起，村里年轻又好看的女子便开始一年一个一年几个地离乡出走了。后来连只年轻并不好看的女子也不心甘情愿地留在村里了。最后一个年轻女子离开村子也有两年多了。从那一年起，这个村子就像一个人没有了魂，起初男人们还欣慰于女人们从城市里寄回来的钱。他们高高兴兴地用女人们寄回来的钱盖砖瓦房。所以这个村子基本上实现了砖瓦化。住进了砖瓦房里的男人们，渐渐开始习惯于用女人们寄回来的钱聚赌。起初仅仅在夜晚赌，后来连白天也赌了。

于是村里的地荒芜着。

荒芜就荒芜吧，反正辛辛苦苦一年，靠种粮食也不能从土地上把弄到手几个钱——男人们都这么想。

离乡的女人们起初年年回村，或在春节前；或在这个季节，回来过"重阳节"。如果是这个季节回来，那么往往会被男人们强留到第二年开春。男人们强留她们，是因为他们仍需要女人。男人们毕竟还是得放任她们返回城市里去，是因为他们尤其需要她们继续寄钱给他们。在城市里被"洗礼"过的女人们，特别是年轻的颇为好看的她们，回村时都变得更年轻更好看了，也分明更具有女人味儿了。这使她们的男人们内心里也很舍不得放任她们走。她们带回来的钱，能给家里添令别人家羡慕的大件东西，能给男人们买体面的衣服和好酒，这使男人们最终仍是明智地放任她们走……

后来女人们不再寄钱给男人们了——砖瓦房盖起来了，偌大屏幕的彩电看上了，女人们离乡出走的最初使命已经基本完成了；后来女人们甚至也不太回村了，渐渐地与她们的男人们断了音信，走失的家禽似的消踪灭迹在城市里了。既然男人们又酗酒又赌博，她们还回来看她们那样的男人们干什么呢？她们中有的最后一次回村，编一套男人们能信的话，将儿女接走了；有的寄回最后一封信附带最后一笔钱，便宣布和她们的家没任何关系了……

于是村里的青壮年男人们也纷纷打起行李卷，离乡而去，去往东西南北各大城市，寻找曾是他们的女人的女人。找到了的，他们的女人不肯跟他们回来，他们自己也便无脸回来；找不到的，不甘心不明不白地就没了曾属于自己的女人，继续在城市里一边打工一边找……

连青壮男人也几乎流失光了的这一个村，不但像人没了骨，而且像人没了魂。生气不复存在于那些新的和半新的砖瓦房里，连曾经从原先的泥草房里也传出过的男女调笑声和孩子的玩耍嬉闹声都听不到了。人气也不复存在于这个荒芜了它周围土地的村子里，连人锄牛耕的情形也看不到了。失去了天伦之乐的老太婆和老爷子们不再有心情凑在一起聊家常，渐渐习惯于自囚在砖砌的院墙内，与鸡犬为伴，熬冬混夏，寂寞候死……

这一个在月夜里蹦行于村间的叫小芹的小女子，从十二岁到十八岁的六年里，先是见惯了女人们离乡，后是见惯了男人们离乡。终于，在这一个寂静的月亮好圆的夜晚，她自己也决定背井离乡了……

她没有生得好看的姐姐，因而她家住的仍是村里为数不多的泥草房之一。她的母亲已经四十多岁了，是麻脸，因而从未产生过离开她的父亲到城里去的念头。她的父亲也没指望过。她的父亲患过肺结核，人很瘦，经不起劳累。比她小三岁的妹妹患白内障。全家的生活担子，几乎全压在她母亲一人身上。她母亲也没别的能耐，起早贪黑养几头猪而已。近几年卖掉一口猪是比养肥一口猪还不容易的事了。母亲因而更加地沉默寡言了，父亲因而更经常地莫名其妙地发脾气、摔东西了。父亲是全村唯一不酗酒的男人，也是全村唯一不好赌的男人。从前父亲因而受别的男人们的耻笑。他们认为她的父亲不酗酒也不好赌是由于没钱买酒喝、没钱赌，这又基本上是一个事实。她的父亲对这个事实的态度是隐恨，觉得她的母亲对不起他。令她百思不得其解的是——母亲分明地也觉得特别对不起父亲……

芹开始意识到自己的身体价值和容貌价值，起初是从那些回村探家的年轻女人的目光和话语里。其实她们中最年轻的只比她现在大一两岁。

"瞧这两条迷人的长腿！瞧这小腰儿细的！瞧这张瓜子脸儿俊俏的！"

"就是胸脯还没长好……"

"那用不着你替她惋惜呀，我看十七八后会长得高高的、挺挺的……"

"那时要到城市里去，还不将城市里的男人们一片片地迷倒哇！"

"我说芹呀，快长大吧，快长大吧！长大了姐儿们一定带你到城市里去！城市可需求你这样的可爱人儿啦！"

她们嗑着瓜子，以骡马市上内行者相牲口那一种目光上上下下前后左右地打量她，端详她，仿佛她是一匹将来准能长成高头大马的小马驹。她们的目光充满了羡慕，甚至不无嫉妒的成分。她们的话语既使她飘飘然的，也使她害羞极了。六年前的她，还不大明白"需求"二字的意思。但是她们使她明白了这样一点——将来如果她到城市里去，她对城市有一定的征服性……

明白了这一点以后，那些她从来也没去过的大城市，似乎不再是梦里才能去到的地方了。有朝一日穿着时髦的衣裙，臂上搭着美观的小包包，小包包里装着厚厚的一沓钱，高跟鞋咯噔咯噔地走在城市最繁华的街上，似乎也不再是什么异想天开之事了。

于是她每天数次地照镜子自我欣赏了。

于是她偷了母亲十几元钱，买了香皂、洗发液和润肤霜，藏在只有自己知道的地方，为了保养她的头发她的皮肤而独自使用，虽然挨了母亲一顿打骂，却一点儿都不后悔，觉得很值得。

于是她再干活儿时，想到应该戴上一双破手套了。为了更具备将来征服城市的资本，她认为她的双手也应该白白的、细皮嫩肉的了。

于是城市对于她意味着这样一种地方了——那里有属于她的一大笔钱，有属于她的好房子，甚至有属于她的名牌小汽车，以及不少整天围着她转，处处讨她欢心的有身份、有地位的男人。

于是她对自己的人生不再迷惘，也不再沮丧和苦闷，更不再委屈了。好比一个实际上是百万富翁的流浪汉，知道落魄只不过是眼前之事，几年后定当结束，而一旦结束了，人生的每一个日子便都是无比幸福的好日子了……

十五六岁起，父母对她的态度也与以前不同了。

先是母亲看她的目光发生了变化。母亲的目光温柔了，流露着依依不舍的眷恋了，还流露着淡淡的忧郁。母亲似乎总在以那一种特殊的目光默默无言地问她：我的女儿呀，你是不是打算离开妈妈了？像别人家的女儿们一样？你一旦离开了家还稀罕回到这个破家吗？妈妈多怕你忘了这个家，多怕失去你呀……

父亲对她的态度也发生了变化。似乎在父亲看来，他的女儿每长一岁，决定家庭命运的能力也便随之显示，因而必得他时不时地巴结着才对了。的确，父亲跟她说话时，都有那么点儿低三下四的样子了。仿佛他已不是她的父亲，而只不过是她的一名家仆。仿佛他不巴结着她一点儿，她的人生一朝富贵了，并且嫌恶他，那么他的人生就将一路滑向无法自拔的泥淖没任何指望了……

十七岁那一年起，父母对她的态度又发生了变化之后的变化。

母亲开始常在她面前叹着气说："不小了，明年就十八了，心里边究竟怎么想的，也该及早有个决定了……"

她从母亲的话中听出了这样的弦外之音——我是有点儿舍不得你离家远去，可是你也不能不考虑你对家庭的义务呀！

而父亲则越发地怨天咒地了："这破泥草房，住到哪一天是个头儿？我今年秋天是不收拾它了。塌了才好。塌了一家人一块儿砸死，穷日子倒也是个了断！"

她能听出父亲的话是冲她说的。仿佛家里至今还住泥草房，完全是由于她的不争和她的不语。

分明的，父母期待着她有一天主动说："爸，妈，我得到城市里去了！"

在期待的日子里，骨血亲情不显山不露水地变质着，转化为一种没有了耐性的，难以启齿言明的，因而特别屈辱又特别迫切的要求。

十七岁的芹已经感觉到了这一点，开始怀疑父母究竟是不是她最亲的人了。她心里对父母的爱减少到了最低的程度。她心里只剩下了对父母的可怜。与可怜某些不幸而又陌生的人没什么两样了。

有一天连双眼接近于全瞎的妹妹也突然大声问她："姐，

你还打算在家里待到哪一天是个头哇？你就忍心看着我没钱治眼一辈子是瞎女呀？"

听妹妹那话，好像她有很多钱却又极其吝啬似的。

她被问得一愣，随即扇了妹妹一耳光。

结果妹妹大哭大闹了一场。她在妹妹的哭闹声中，跑出家门，跑到村外，坐在河边也哭了一场……

月亮真大真圆啊！

在九月的这一个夜晚，十八岁的芹决定离乡了。

父亲母亲和妹妹都在酣睡着。他们不知道明天早上将见不到她这个女儿和姐姐了。她没跟他们说，故意不跟他们说。她甚至也没留下一页纸，在纸上写几句话，连件换洗的衣服都没带。

这会儿，她离乡的决心稍微动摇了一下立刻又坚定了以后——不，事实上那非是动摇；她离乡的意念随着年龄一岁岁增长而明确为决心以后从未动摇过。也非犹豫，只不过是倏然间产生的一缕留恋之情。仅仅一缕而已。

她想，除了她兜里的二百多元钱，她没从家里没从村里带走任何东西，那么是不是应该留下什么呢？哪怕是留下别人对自己的某种回忆也好呀！不与父母和妹妹打声招呼，是否也应该与某一个和自己关系较为亲近的村人告别呢？自己可不是村外那条河里的水呀，淌过去就没谁牵挂地淌过去了。自己是一个人啊，自己决心一去不复返了呀！那些消失在城市里的女人，以及去寻找她们的男人们，就除了她们自囚在砖瓦房里不愿出门的老弱病残的家人，再不被任何别人牵挂了。仿佛她们只曾属于过她们的家，从未属于过这个村子似的。

而不知为什么，她却希望除了父母和妹妹外，起码被一个村人所牵挂。

这一希望对她有什么意义，她是不愿进一步多想的，但它一经萌生在她心里，她的脚步竟不能轻快地继续向前了，它也在她头脑中挥之不去了。

于是她的目光不禁向那株老柳树的左前方望去。那儿，山坡下，有一幢孤零零的泥草房，比她一家住的泥草房还低矮，还破败，与村里那些举架很高的砖瓦房相距半里左右。那泥草房里住着三十来岁的叫"二憨"的本村男人。他是近年以来村里最年轻的男人了。他没到城市里去乃因城市里没有曾属于他的女人。确切地说，他由于穷而未结过婚。他穷是由于他有一个从他十几岁起就全身瘫痪拖累着他的人生的哥哥。自从他二十岁那年父母先后去世后，他的人生就和他的哥哥系在一起无法解开了。有一年他的哥哥患了很重的胃病，一口饭都咽不下去了。许多村人都暗中替他庆幸，都私下里议论说这下可好了，他哥哥饿也活活饿死了。那么好端端的一个小伙子的拖累不就解脱了吗？然而他却用一辆手推车来回五六十里三天一次两天一次推着他的哥哥去县城里看病，并为了治好哥哥的病多次卖血。如今他哥哥的胃病治好了，看样子起码还会在他的照料之下活二三十年。故而村人们都认为他傻。哪家的女儿肯嫁给一个有兄长拖累的傻子呢？没有女人嫁给他，也就没有女人从城市里寄钱给他。因而他和他的哥哥一直住低矮破败的泥草房也就那么自然而然。他们原先也是住在村里的，且曾与她家是近邻，后来他为了种甘蔗才住到山坡下的。住到山坡下引水灌地方便。

芹与村人们对他的看法不同。她一向认为他一点儿也不傻，恰恰相反，她认为他很善良，是个好男人。父亲每年修房子都找他帮工。在这个村子里，除了找他帮工还能找谁呢？并且，从未付过他报酬。只不过春节期间，母亲让芹请他到家里来吃顿饺子而已。近年芹是大姑娘了，他一见到芹脸就红，就低垂下他的头，抬了头目光也不知朝哪儿望才好。去年她家修房子，她从房顶上滚了下来，幸亏被他从房下张开双臂接抱住了，否则她一定会摔坏的。当时她的父母都不在眼前。他没立即将她放落于地。他双臂托着她，像托一件易碎的器皿。他俯视着她，目光竟是那么的温柔，并且，他在她眉心迅速地亲了一下……

她并没生他的气。

不过她以后再见到他，自己的脸也会红起来……

芹的目光一望向山坡下那幢低矮破败的泥草房，就再也不能转移向别处了。她对自己说，就让我去与那个亲过我一下的男人作别吧！让他代表这个村子记住我吧！在这个村子里，除了我的父亲、母亲，还应该有另外的人记住我。她这么对自己说时，越发地在乎起这一点来，却不能明白自己为什么特别地在乎这一点。她如此思想着，抬头望月亮，仿佛月亮是她最知心的一个密友，仿佛要征求月亮的意见。斯时月亮升高了，似乎也在俯瞰着她，并以它温柔的沉默，向她传达着一种支持……

于是她信步向那幢低矮破败的泥草房走去。那一时刻，她看上去像一个夜游者。在月辉下，泥草房的轮廓特别清晰。它完全地黑暗着，如一块长方形的巨石，没有一丝光线从门窗泄出来……

从老柳树到泥草房，芹不快不慢地走了六七分钟。当她走到泥草房门前，一个新的决定已在她心里一意孤行地形成了。它不复是起先那种希望。它比起先那种希望强烈得多，而且充满了大胆放纵惊世骇俗的成分。她要留下她最宝贵的东西给那个被村人们认为傻，绰号叫"二憨"的男人。不出于什么特殊的缘故。仅仅因为他是本村目前唯一年轻强壮的男人，还因为她觉得他是一个好人。确信他喜欢自己，确信他做梦都不敢妄想自己肯给予他什么。她被自己的新的决定深深感动。她的决定里包含着对他的可怜，也包含着对城市的，某种性质不确定的……抵牾……

"是小芹吧？"——歪斜的木板门吱扭开了。叫"二憨"的，全村唯一没到城市里去的，也是唯一年轻强壮的男人，还没迈出门来，就已经在屋里很有把握地问着了。

她说："是我……"

声音悄悄的。

"有事？"

"嗯……"

"等会儿，我披件衣服……"

自然的，她并不想在外边等。她一步跨过门槛，进到屋里去了。借着从外边照进屋里的月光，看见他刚将一件上衣披在肩上。显然的，他不愿裸着上身面对她。见她已然进到屋里站在跟前了，他一时有点儿不知所措，后退一步，主动与她本能地离开着。她明白，在他，是为了避免瓜田李下之嫌。

他那样，使她不禁在心里嘲笑地对他说：你这个娶不起媳妇的男人啊，你可是装的什么样儿给我看呢？难道你就不想女人吗？难道你没亲过我一次吗？难道那还不能证明你喜欢我吗？

不待他开口再说什么，她问："你怎么知道是我？"

他低了头回答："深更半夜的，除了你家有事会来找我，村里还会有谁来敲我的门呢？你家出什么事儿了？"

"没出什么事儿。"

她低声答着，在他那张破床的床边儿坐下了。

分明的，她的话使他奇怪。他抬起头，见她竟坐着了，张张嘴想说什么，又不知说什么话好，一时地愣住了。在二人无言对视的片刻间，里屋传出来鼾声。"你愣在那儿干吗？把门关上呀！……"他没动。她抬起手臂指了指门。他还没动。"你聋啦？"她的语调急躁了。他这才走过去关门。"插上。"她没听到落闩声。"我叫你把门插上！"她的话近乎命令。之后她听到落闩声了。她扭头看他，借着从窗子照进屋里的月光，见他的影子呆呆地站立在正门旁。她的一只小手，轻轻在床沿上拍了两下，示意他坐过去，坐在她身旁。他的影子仍呆呆地站立在门旁。她不禁叹了口气，暗想也许村人们是对的，他果然傻。如果不傻，一个从未被女人亲近过的男人，难道此时此刻还不明白自己该怎么做吗？还要她怎样他才能明白呢？她又叹了口气，以惆怅的语调说："我要走了。"很久，才听到他低声问："到哪里去？"在那段沉默中，她反复要求自己，不达目的，誓不罢休。"我要到城市里去了。""哪天？""今天。""今天？""对。一会儿，跨出你家门槛，就走了。""可你……什么都不带？""带了二百多元钱，三四年里我到镇上做小工积攒的……""深更半夜的，你爸妈知道？"

"不想让他们知道。你明天替我去告诉他们吧。就说我在城市里混得好，会给他们按月地寄钱。混不好，就永不回来了……"

"你不对……"

"我怎么不对？！"

她双眉一挑，嚷了一句。之后便后悔，怕惊醒里屋熟睡着的人。听鼾声依旧，才又定下心来。

"小芹，你听我说……"

"你别说，先听我说……"

"那，我就先听你说……"

于是她急急切切地说了起来，语无伦次，越说越快。她的话语所表达的心理相当芜杂，而且前后矛盾。她说她感激城市，因为城市使村里许多人家都住上了砖瓦房；她说她憎恨城市，因为城市将村里年轻的女子一个不剩地全都吸引了去，还迫使男人们也纷纷背井离乡；她说她多么多么地向往城市，确信属于她的好运气正在城市里期待着她；她说她多么多么地嫌恶城市，所以并不愿用干净完整的自己去与城市进行交易……她说呀说呀，直说得口干舌燥。

"明白了？"

"不明白……"

"你装傻！"

她几乎叫喊起来了。

接着，她开始不管不顾地脱衣服。顷刻将自己脱得赤身裸体，一丝不挂。随即，她往他的破床上仰躺下去……

"我才上到小学五年级，没文化，没知识，没技能。城市需要我有什么用？城市里的男人纵使对我好，还不是由于我的年龄，我的身子，我的脸！我懂这个。所以我的身子首先要给咱们本村男人！也就是首先给你这个男人！我才不让城市里的男人第一次占有我呢！所以你得成全我的想法。你要不，我会恨你。你成全了我，日后我在城市里混出了好光景，我会想着你，也寄些钱给你……"

她终于不再说话了，闭上了双眼。

斯时从窗子洒在破床上的月光，将她本就白皙的女儿身，照得像玉雕雪塑的一般。

她闭着双眼朝他伸出了一只手……

她又说："你不要我，我就不起来！"

一会儿，他的手握住了她的手。她感觉到了自己的手被男人的唇温柔地亲着，感觉到了男人的脸偎在了她胸脯上，感觉到了男人的嘴急切地吻住了她的嘴……

随后，她感觉到了男人的身子扑压在自己的身子上……

一连串被近乎粗暴地摆布的过程……

终于，男人精疲力竭地软在她身上，发出了压抑的哭声。

听着他的哭声，她的心里感到非常地满足。

她的双手怜悯地抚摩着他汗淋淋的肩、颈、脊背，回味着刚刚发生过的事，困惑男人和女人们一谈起那种事便津津乐道或讳莫如深，似乎那是足以使一切男人和女人在那一时刻都变成神仙的快活无比的事……

而她除了疼痛和被近乎粗暴地摆布的过程，再就什么美妙的体验都没享受到啊！没有爱意在内心里弥漫……甚至也没有纯粹的情欲一阵阵波涛般汹涌……连官能的快感都没产生……但是，她认为她毕竟达到了目的——她"破坏"了她自己。这目的之实现，使她觉得自己暗中报复了她既向往又嫌恶的城市——替砖瓦房舍里那些没了年轻女人也没了壮实汉子的农家；替她的没了人气也没了生气的村子……将以自己被"破坏"了的身子去满足某些城市里男人们的需求，让他们当她是玉洁冰清的，那么显得愚不可及的不就是他们了吗？

这一目的之实现，也使她心理上对城市的潜伏的嫌恶烟消云散了，仿佛互相扯平了种种恩怨，仿佛以后可以在完全友好的关系中彼此建立好感了……

一小时以后，她又走在路上了。低矮的破败的泥草房在她身后了；村子在她身后了；家在她身后了……她大步朝前走，头也不再回一次。走得义无反顾，破釜沉舟。

她衣兜里少了二十元钱。离开他的家时，悄悄压在他那散发着汗味和烟味的枕下了……她肩上多了一根甘蔗，又长又粗的一根甘蔗，扛在肩上，竟觉沉甸甸的。他从他的甘蔗田里替她砍下了那一棵甘蔗。他对她说："带着。渴了解渴，饿了充饥，遇到狗拦路打狗，走累了当手杖拄着，就是碰上坏人了，也可用来防一会儿身啊……"那是他唯一能送给她的东西。也是她唯一从村里带走的东西。她给一个本村男人留下了他必将终生难忘的回忆……她带走了一根想必很甜很甜，也许同样使她终生难忘的甘蔗……她很熟悉的家乡离她越来越远……她向往又很陌生的某一座城市，在九月的这一个夜晚，在更其遥远的地方，冷漠地感觉着她的脚步正接近着它……月亮走，芹也走……月亮照耀着她走……她觉得自己走着走着，不再是"芹"，而已然地是"琴"了……

少女敲响我家门

商品时代的旋转式运行，在中国，必将以葬送下一代农民对土地的寄托意识为代价。并且，对于这一代价，在下半个世纪，中国是要付出高利贷的。下一代农民将不会再依恋土地，而愈来愈憎恶它。所谓种粮大户，可能在心理上也并不依恋土地。他们的选择也许正是为了他们的子孙最终离弃土地。好比精心饲养一口猪，最终是为了卖掉它或宰了它。下半个世纪，中国的根本问题，将更是农民问题，不是怎样种地的问题，而是谁还种地的问题。由农业国发展为工业国——这是理想。中国有八亿多农民——这是现实。理想在现实面前，显得多么苍白啊！上半个世纪中国的农民甘于务农，下半个世纪中国的农民很可能将不甘于务农。

如果城市里没有你们的生存根据，那你们就当农民吧！——假设上帝曾这么说过，那么下半个世纪的中国农民将如此回答——如果城里的人需要吃饭，就让城里的人自己去种地吧！

下半个世纪，中国还能再造出一位哪怕仅仅使农民迷信的"上帝"吗？

经常发生这样的事——深更半夜有人敲门，敲门声怯怯的，毫无信心，如同非语言形式的断断续续的诉说。开了门，门外畏畏缩缩的，凄凄惨惨戚戚的，倚墙靠着一个头发蓬乱，面容不洁，服装不整的来自农村的青年或姑娘。有的还处在少男少女的花龄。他们的行囊之简令人怜悯。他们寻找到我的家门已证明他们到了身无分文、走投无路的境地。一天清早——推门，推不开。又狭又小又黑两户共用的二层小过廊里，抵门乏蹲，困着一人。

"你没有任何技术，你文化这么低，你年龄这么小……"

"俺十七了……"

讷讷的。然而是极自尊的。

不认为自己年龄小。我仿佛看到被作践过、被摧残过的未成熟的志气的尸骸，狼藉在早已破碎的自尊的下面。我真不知该怎样看待十七岁这个年龄和面前这一位落魄的农村少女。

"嘻，你这孩子呀，出门远行前，究竟怎么想的啊？"

"俺知道你是作家，报上说你心眼挺好……北京只有一个北京电影制片厂，俺寻思，没路可走了，俺得找你……俺就是这么想的……"急急切切的，她从她的小布包中翻出一份旧报。

"俺读过你的一篇小说……"

"进屋来，坐下，慢慢说——我能给你什么帮助呢？"

"叔叔，求你千万帮俺找个工作吧！"

"可是，我没有能力帮你找工作啊！再说，你这么弱的身体，能干什么呢？"

"俺什么活都能干！俺什么活都能干！在家里，俺顶一个壮劳力啊！"大概在她想来，写小说的人找工作，比大汉帮人推一辆小车上坡容易得多……

"我的确没有门路哇……"我必须重申这一点。我不能使她对此抱有任何幻想。我心有余而力不足。

茫然的、绝望的眼睛，她的眼睛，定定地盯了我半分钟。既哀且怨的眼神儿，渐渐地、渐渐地就在那双眼睛里弥漫——落魄的农村少女身子一软，似会瘫倒。我赶紧扶她，却不承想，分明的，她是要给我跪下……

仿佛一个溺水者向你伸出一只手，而你说："请原谅……"那一瞬间，我真希望我是个有权的人，哪怕仅仅有安排一个农村少女在某处不起眼的地方工作的权力。哪怕让她擦桌子，扫地，干杂活……

"不过我可以给你买火车票，给你路上花的钱……"

"俺绝不回去……"

"你从哪儿来，只能回哪儿去！……"

"回去，没个奔头——还不如死了好……"

茫然的、绝望的眼睛，她的眼睛，已不再盯着我。既哀且怨的眼神儿，已彻底笼罩了她那双眼睛。她盯着的是作为装饰品悬挂墙上的一柄蒙古刀。分明的，她的话，也更是对她自己说的。我无法判断，在她的内心里，她的自尊是不是已经被城市扫荡尽净——而我是最后的持帚者……她的话，使我联想到了哈姆雷特流传了一百多年的那句台词——生，还是死？

十七岁的，看上去因落魄而变得懵里懵懂的农村少女，逃亡的不是迫害，不是逼婚事件，不是一九四九年前那一种咄咄的贫穷。她逃亡温饱。她逃亡温饱以后的寂寞。她逃亡为了温饱而不得不从事的终年流汗于田间的劳作。她逃亡农村对她的命运的羁绊。她逃亡土地对她的奴役般的占有。她逃亡她的上辈人规定于她的现实。从本质上讲，她并未面临着生与死的抉择。她抉择的是怎样一种活法……

在命运比她良好十倍、百倍的人们因为同样的抉择纷扰绞尽脑汁不惜代价漂洋过海的今天，谁有资格对这十七岁的懵里懵懂的少女说她太荒唐？

她们和他们在城市中如迷途羔羊——没有一片茵绿的草地是上帝专赐给迷途羔羊的。城市正大面积地蒸发人类精神中宝贵的养分，形成空前涌动和沸腾的物质欲望的气浪。像无色无味的粉，飘荡在城市的上空，被一切男人和女人天天吸入肺里。那乃是生活的一部分因子，从生活的本体挥发了出来，改变着城市的空气的结构成分，改变着一切男人和女人的肺活量，使他们和她们在被改变的状态下，脸上都有着那么一种扑朔迷离的神情。在他们和她们那种神情中，包含着种种活泼的贪婪，种种生动至极的贪婪……

我在《雪城》的下部，对城市作过这样的比喻：

　　"它是一个庞然大物。它是巨鳄，它是复苏的远古恐龙。人们都闻到了它的潮腥气味儿，人们都感到了它强而猛健的呼吸。它可以任富有的人们骑到它的背上。它甚至愿为他们表演杂耍。在它爬行过的路上，它将贫穷的人践踏在脚爪之下。他们将在它巨大的身躯下变为泥土。令人震撼的是，他们亦获得不到同情，同情如高利贷，将仅仅成为持有'信誉卡'的人的通货。而普通的人们不仅事实上并没有变得怎样富有，大概连怎样才能富起来也根本不知道。所以他们只能装出富有的样子。以迎合它嫌贫爱富的习性，并幻想着也能够爬到它的背上去。它笨拙地一往无前地就爬过来了，它用它那巨大的爪子拨拉着人——对它诚惶诚恐的遍地皆是的生灵。当它爬过之后，将他们分为穷的，较穷的，富的，较富的和最富的。就像农妇挑豆子似的，大概其地拨拉着。它用它的爪子对社会重新进行排列组合，它将冷漠地吞吃一切阻碍它爬行的事物，包括人。它唯独不吞吃贫穷，它将贫穷留待各个人自己去对付……"

　　我对我不难理解的现象妥协了。我不是牧师，我不能胜任教化的"神职"。尽管我对这一现象感到忧患——但那充其量不过是小说家的忧患，和一个城里人的忧患。设想，如若一个城里人对农民提出这样的问题——你们都来到城里来了，那么谁为我们种地？也太傲慢了吧？我做我认为仁义的事。于是我向朋友极力推荐一位能当小"阿姨"的农村少女。几位很好的朋友对我大摇其头。他们不同意我的思维逻辑，也不接受我的推荐，并且毫不客气地批评指出——这一种"小善良"没有什么特殊的意义。我亦不同意他们的看法。我认为人不能只做"有特殊意义的事"。何况在绝大多数的情况下绝大多数的时候，绝大多数的人想做"有特殊意义"的事也是做不了的。倘每人都能不失时机地给予别人某些小的帮助，小的支持，小的安慰，小的方便，小的满足，小的成全，用朋友们调侃我的话，一言以蔽之曰"小善良"，则现实就不会太不宽松、太紧张、太无安全感了！就不会互相的利用太多、互相的出卖太多、互相的倾轧太多、互相的心理压迫太多、互相的暗算太多了。而另一种现象我称之为"遛狗现象"。在《雪城》下部对这一现象我是这样写的。

　　……他一向以为，自己的命运是开始攥在自己手里了。其实不然，仍攥在别人手里。归根结底是别人手里。那些人平时好像并不存在。当他的命运影响到他们的命运时，不，哪怕仅仅影响到他们的心理时，他们的嘴脸才显出来。好比蒙上了一层灰尘的镜子。灰尘一擦，什么都照见了。他们平时不过是攥着他的命运，笑呵呵地攥着。一张张面孔都是亲近的、友好的、诚挚的、和善的。无论他怎样努力，怎样变得成熟起来，也只能操纵着自己的一小半命运。他的命运不过像他们养的一只狗。狗脖子上套着许多圈，每个脖圈都连着一结实的绳子，而自己手中只扯着一根，其余的平时看不见，不知都扯在哪些人手中。他的路越平坦，那许多根看不见的绳子便渐渐绷紧。当他行走得较顺利时，那些扯着另外许多根绳子的手，就必然要使暗劲儿朝四面八方拽了。那些人只能容忍他的命运像盲人的引路犬一样，导他往坑坑洼洼肮脏污水遍地乱石成堆处，跟头把式跟跟跄跄三步一跌五步一倒地走……许多人其实并非败于或死于自己的命运，而是被活活勒毙的。难道所谓社会应该是你手中拽着我的"狗"，我手中拽着他的"狗"，他手中拽着你的"狗"，人人手中都拽着别人的"狗"、人人的"狗"都被别人拽的"遛狗图"吗？……

我实践我的信条既不动摇也不后悔。

朋友们又向我讲"小阿姨"席卷雇主家的财物溜之大吉的事例。我听起来总觉得多少有些演义的成分。我曾给《人民文学》的编辑王勇军推荐过一个"小阿姨"——我的儿子幼时所雇的安徽"小阿姨"的堂姐——据她讲——在勇军夫妇独子小命垂危的时候。据勇军讲，有的"小阿姨"见了那小家伙直摇头，不敢受雇。而我推荐去的"小阿姨"则表现出一种"见义勇为"的气概，当天便留在了他家。如今勇军的宝贝疙瘩相当之健康。他见了我每每夸奖："那姑娘真好！和我们处得像一家人一样，救了我们儿子一命。我得感激你啊！……"

勇军夫妇和她至今仍有书信往来。她专程来北京探望过他们。他们还借给她钱回农村去开书店。我想，倘她并未在一位《人民文学》的编辑家中当过"小阿姨"，可能未必会产生出回农村去开书店这样的念头吧？这不是很好的一件事吗？……

　　终于有朋友被我说服，答应试用一个月。

　　然而不足半月，朋友便来告诉我："她走了！"

　　我问："怎么走了？"

　　"因为我说了她一句——你笨得出奇！"

　　"噢……"

　　"就因为这么一句话！"

　　"拐走什么东西了吗？"

　　"没有。那倒没有。"

　　"不辞而别？"

　　"嗯。不过也不算不辞而别。台历上留下一句话——'城里人刚到乡下，在我们眼里也常常笨得出奇！'"

　　"走了就走了吧。也不值得你专程来告诉我。"

　　"我是觉得，怪对不住你一番好意的嘛！我没想到……"

　　"没想到什么？"

　　"她的字倒写得蛮不错的……"

　　"毕竟读到了中学啊，还写过诗呢！"

　　"写过诗？我不信！"为了使朋友信，我拉开抽屉，翻找出那农村少女请我指点的诗。

它以工整的循规蹈矩的笔迹抄在一页田字方格纸上：

轻风抚轻草，

黄蜂觅黄花，

春水一塘静，

田蛙几声呱。

那一页田字方格纸，也许是从她弟弟的作业本上扯下的吧？而五言绝句的格律练习，却是由于怎样的一种启迪又是怎样开始的呢？那一份闲适的恬淡是真实可信的吗？如果可信，又为什么逃亡呢？

朋友说："这没什么。顺口溜而已。拆开了，倒是两条小对子。南方的乡下，尤其两湖，多有目不识丁却能口出对联的老农。识几个字的，自然就更有了那么点儿意思。"

朋友说完，匆匆地就走了。面对那一张折了一两折的田字方格纸，我又陷入了对于人生非常之宿命的沉思……

安定是以安定本身为基础的，社会的安定以民众的安定为基础。

民众的安定以民众的心理安定和情绪安定为基础。

这类乎废话。

不算废话的话倒可能是下面的一句——废话是因为说多了而无效才成废话。

达丽之死

　　达丽是友人的女儿，是友人唯一的女儿。达丽是初中二年级的学生，是个秀气的少女，也是个文静的少女。友人原是一家大报的编辑，年长我七八岁，那么今年该是五十二三的人了。十年前我们认识的，后来渐渐断了来往。一日我乘坐出租汽车，路遇一个招手截车的男人。那是冬季的一日，风很大，天气很冷。司机跟我商量："问问他去哪儿。如果顺路，就把他捎上，行不？"我说："这么大的风，行啊！"于是司机停了车，摇下车窗问他去哪儿？他回答说去亚运村那边儿。而我回家，正好同路。不待他央求，我就开了车门……他上了车，坐我旁边了。看了我一眼，在我膝上猛拍一掌，友好惊诧地叫出我的名字。于是我不禁扭头注视他，却想不起在哪儿见过他。"唉，唉，当年，你可是以'老师'称我的啊！现在却对面不相识了……"他以批评的口吻说，显出挺感伤的样子。可我还是回忆不起来。他说出了他的姓名。我虚伪地说："是你呀？真巧！……"其实还是没想起他是谁。他将一张名片塞我手里，爽爽快快地对司机说："快开车吧，我付两份儿车钱就是了！"司机说："你们各付各的。你上车，是他同意的。你们原先认识，也不能算同路。不图多挣一张，我车上已经载客了，还停下问你去哪儿干什么……"我下车时，他不许我付车钱，说由他付了。回到家里，我细看那张名片，见他的身份是，某某文化广告公司副经理。

不知为什么，我要求自己必须回忆起这位巧逢的"老师"。我一册册地翻阅名片夹，终于又发现了一张印有他姓名的名片。那上面他的身份是报社文艺部副主任，业务级别是副编审……

晚上我给他打了一次电话——因在出租车上没能立刻认出他，尤其是在他已认出了我并说出了他自己的姓名后，居然一时还回忆不起他来，几分不好意思掺杂着几分虚伪地说了些请多原谅之类的话……

他在电话那一端哈哈笑了。仿佛在通过那一种朗朗的笑声，向我证明着他目前对自己的自信，和对自己新职业新身份的良好感觉，以及目前对自己的活法和生活现状的满足……

我问他哪一年离开报社的？

他说九〇年。

我问是辞职还是兼职。

他说当然是辞职。说像他这样的人，一旦想通了，决心下定了，那就破釜沉舟，开弓没有回头箭了。他明白了我的意思。

他说这不安上电话了嘛！说房子住得也宽敞多了。公司为他在亚运村买了三室一厅……我受之无愧！——他说——因为我为公司创收三百余万，这点儿奖励是公司完全应该给的！他特别向我强调——他已经是一个有小车坐的人了，只不过那一天他吩咐司机送客人去了，所以才"打的"……"我已经两年多没有挤公共汽车和骑自行车的体验了，也两年多没'打的'了……今天真狼狈，沾了你的光……"听他的口气，似乎还挺留恋当年那种挤公共汽车和骑自行车横穿大半个北京的体验。我忙说哪里哪里，说其实是我沾了他的光。我将我家里的电话号码告诉了他……以后他就常来电话，和我进行一般性的感情联络。如果说也有什么目的性，那也无非是怂恿我去听歌星们的什么什么演唱会……

渐渐地，他使我重新认识了他——看来他已经是国内专门组织歌星演唱会的"大腕"了。据他自己说，好几场火爆的演唱会、票价高得令人咂舌的演唱会，都是他策划的。

"现在策划人太多了。阿猫阿狗，往往也摇身一变成了策划人。可有名望的策划人是不多的。真的，中国应该产生超级策划人！……"

有一次他在电话里这么对我说。听得出，他以五十多岁的年龄而踌躇满志，仿佛为自己确定了后半生努力奋斗的目标——成为超级歌星演唱会策划人，仿佛他已经接近着那样的目标了。起码给我的印象是那样……

终于有一天他光临我家，还领来了宝贝女儿达丽。我也就是在那一天，第一次见到了那秀气的、沉静而又举止斯文的初二女学生。"叫叔叔！"——少女就略显拘谨地叫了我一声叔叔，并且腼腆地羞红了脸。而后依偎地坐在她父亲身旁，低着头翻阅一册画报。"你看我女儿怎么样？"我一时没领会他的话是什么意思，怔愣地瞧着他，不知如何回答才好。"你看我女儿形象如何？"生平第一次，有一位父亲，当着自己初中二年级的女儿的面，那么问我。我很是愕异，觉得他问得实在唐突。我看了那少女一眼，对她的父亲说："小达丽形象很清纯嘛！将来也许能当演员呢！"

"是吗？你真的这样认为吗？……"我的话使他顿时高兴起来。他将女儿往自己身旁搂了搂，使她更亲昵地倚向自己，望着我坦率地说："其实我来，是有求于你。"

我说："你讲，只要我能办到，绝不推诿。"他说："我是为女儿来求你的。要不我也不带她来了。"我又看那少女一眼，沉默着，期待着。而达丽则停止了翻阅那一册画报，分明是在低着头猜测地想象我的表情反应。"我这个宝贝女儿，是我唯一的安慰。她妈七年前去世了，我当年一门心思在工作方面，生怕评不上副编审。副编审倒是评上了，可孩子自小的学业给耽误了。当年没入上一所好小学，我对她的学习关心得又不够，现在也就只能在一所很差的中学里混着读。我不打算培养她考大学了。她自己也没这份儿心劲了。好在我这女儿形象不错，嗓子也挺好……达丽，站起来给叔叔唱支歌儿……"

于是那少女迟疑了一阵，站起来，低着头问父亲："唱什么呀，爸？"他说："随便。觉得自己哪首唱得好，就唱哪一首。"那些日子电视里正播放电视连续剧《新白娘子传奇》，那少女便轻声唱起了《千年等一回》……

她唱完，瞧着她父亲，似乎在问——爸，我唱得还好吗？还要再唱一首吗？而他的父亲则望着我——似乎在同样地问我……

我说："达丽，你坐下吧！"她这才款款重新落座。我望着她父亲说："唱得真是怪不错的！"其实我并不觉得唱得多么好，也听许多女孩子能唱到那种水平，虚与委蛇地应酬着罢了……

她父亲说："达丽，听到了吧？你在学习方面没了信心，也就算了。一个女孩子家，读到初中，不搞学问，不教书，文化够了……"

他说着，吸着了一支烟。

近些年来，我虽然听到过许多抱怨文化和知识贬值的悲观言论，但还是头一次听到一位曾当过大报社编辑部副主任的父亲，当着自己女儿的面，并当着外人的面说这样的话。我暗想，副编审，在中国，也可以算是一位高级知识分子了。享受副高级知识分子待遇嘛！尽管那待遇可能不过是空头支票，尽管他已经改行当副经理了……

他又轻轻推着女儿，怂恿道："既然叔叔给了你公正的评价，那你就再给叔叔唱一首！"那少女刚欲站起，我忙制止："不必了不必了，你就直说你到底求我什么事吧！"

他说："我想朝影、视、歌这三方面培养我的宝贝女儿。歌这方面嘛，我自己的能力绰绰有余了。影视圈里，我还不太熟。想劳你今后替达丽，当然也是替我多关注关注，操操心，如果有什么合适的角色，给推荐推荐……"

我吞吞吐吐地说："这个……看机会吧！如果正好有合适的角色，又赶上孩子放假……""放假不放假的不必太考虑！"他打断了我的话，"只要机会难得，还上的什么学啊！"达丽这时就站了起来。她说："爸，我先到叔叔家对面那个花园里去玩会儿行吗？"毕竟是初二的女学生。即使在父亲眼里仍是个孩子，她那自尊心肯定早已变得极其敏感了。我很是体恤她处在我和她父亲之间的窘迫。不待她父亲开口，我抢先对她实行了"放逐"。我说："去吧去吧，那花园很美……"她迅速地瞥了我一眼，转身离去了。在那少女的一瞥之中，我破译了许多感激。那是回报给理解的感激……

房门一关上，我瞪着她的父亲，非常郑重地以批评的口吻说："你不该当孩子的面说那些话啊！她才初二嘛！我看她不是一个笨孩子。你完全可以替孩子请位家庭教师补补课嘛！离考大学还有四年哪，来得及嘛！……"

他掐灭烟蒂，又吸上了一支。吸两口，慢条斯理地说："非要读大学的话，当然还来得及。我这女儿又不弱智。"

我说："那为什么……"

他说："为什么不给她请位家庭教师？目前现状明摆着嘛！"

"请不起？"

"那才几个钱，看看我吸的什么烟？'中华'！除了'中华'，别的烟我不吸。一个月少吸两条'中华'，请位赋闲的教授也有人愿意！"

"那究竟还有些什么别的原因呢？"

"什么别的原因也没有。她偏文科。所以将来考也只能考文科。大学文科毕业生，又是个女孩子，会有什么出息？硕士又怎样？博士又怎样？博士后又怎样？当了教授又怎样？每个月最多还不是八九百一千来元吗？那得学多少年，还得学八年。八年后才大学毕业啊！读得满腹经纶，学富五车，一直读到博士，那就至少得再读十二年！十二年啊！十二年后中国什么样都不知道啦！可换一种思维，替孩子选择另一种人生，兴许三年后，十五六岁，我就把她培养成一名小歌星了。哪怕三流歌星，一场演出费，就顶大学教授一年的工资了。我这个副编审，没当经理前，不才一百五十多元的基本工资嘛！八年时间，一名三流歌星，玩似的也挣下七八十万了！如果唱红了呢？做一次广告够高级知识分子一辈子享受不完的啦！我为什么那么傻？非鼓励孩子走刻苦读书这一条老路？孩子累，我也累，图的什么？你倒说说究竟图的什么？我还能干几年？再干三五年，别人仍抬举，让干也干不动了。那时如果女儿正读大学，我这几年辛辛苦苦积攒下的钱，全得为她交了学费。等到她毕业，一名一无所有的大学生，或者硕士生博士生，供养一位同样一无所有了的老爸，那将会是一种多么绝望的生活？达丽她若能早出息成一名歌星，我晚年不是也跟着享享福吗？我又当爸又当妈的，还不就指望晚年享享女儿的福吗？……"

我也吸着了一支烟。我不知再说什么好。觉得他的话，自有一番道理……

"我要从现在起，努力将我宝贝女儿培养成一个影、视、歌三栖明星！将来这三个行当，竞争肯定激烈，淘汰也快。所以必须朝三方面的全才去培养。又唱歌，又演电影，又演电视剧。这行受挫了，兴许在另外两行还红着……"

他说完凝视着我。

我问："你怎么给孩子起名叫达丽？"

我是无话找话，总得说句什么。而且暗想"达丽"这个名，太像有些人给喜爱的小狗起的名字了。

"我和她妈，不都是看《钢铁是怎样炼成的》成长起来的一代人嘛！她妈怀她时，我们讨论过，如果是男孩，就叫保尔。如果是女孩，就叫保尔妻子的名。后来时代变了，我们对自己的理想主义情结，也就越来越轻蔑了。先是被别人轻蔑，后是觉得被时代轻蔑，最后是自己轻蔑自己，自己嘲弄自己。所以，女儿上小学时，我和她妈讨论，就将女儿的名字由'丽达'改成'达丽'了，表示一点儿对理想主义情结的背叛情绪吧！知识分子，也就这点儿能耐，就小小不言地表达点儿背叛情绪……"

我说："原来是这样……"

他说："终于理解我这位父亲的良苦用心了？"

我说："理解了……"

他说："那，肯帮忙了？……"我说："放心，我一定像为自己的女儿操心一样，一定尽力而为……"直至我送他出家门，达丽还没回来……

几个月后，我收到他提前寄来的一张票。夹在信纸内。信很短，只有几行字——说他女儿在那一次演出中，和一个什么什么少女合唱团一起，将荣幸地登台为某"天王巨星"级的香港歌星伴唱，请我无论如何要抽时间去听听。

那天晚上我已有安排，没去。我心里挺不安，觉得太辜负人家的一片诚意。对他求我的事，更加铭记不忘了。又几个月后，我替达丽抓住了一个机会，是一部三集电视剧，是一个有几十句台词的串场群众角色。可是达丽没接那角色。据说嫌戏太短，戏份也太少。我很怀疑是达丽本人不愿接，还是她父亲……

他就再没来过电话……

渐渐地，联络又中断了。我也就渐渐地又把他们父女俩从记忆中排挤出去了……

今年春节期间，似乎是初五的晚上，我接到了一个电话。"喂，晓声吗？听得出来我是谁吗？"声音很低，无精打采的。我没听出来。"我是……达丽她父亲啊……"我赶紧说："听出来了听出来了！故意说没听出来，跟您开玩笑呢……"他告诉我达丽住院了，是破伤风，很希望有人看望看望她。他想来想去，只有请求我成全他女儿的这一种小心愿。我一向是个最好说话的人。何况对那少女，我内心里其实挺喜爱的，于是满口答应。于是第二天带了礼物到医院去看她……

那是我第二次见到她。她脸色极苍白，虚弱得说不出话。一双大眼睛，也丝毫没了光彩，没了生动。她得的根本不是什么破伤风，而是败血症。这么说也不对。应该说，是由破伤风引起了严重的败血症。

我看过她以后，在病房外问她的父亲——怎么会这样？

他起初不肯说。我一再逼问，才说了——达丽的班上，以达丽为核心，由十几个初二女学生，组成了一个什么"少女追星大家庭"。她是她们那个"大家庭"的"家长"。她的一个女同学，也是她们那个"大家庭"的成员之一，在一块手帕上，绣了大大小小十几颗心，寄给了香港某男歌星。结果她得到了一张他的照片。四寸的，背面有他的亲笔签名。其实究竟是不是亲笔签名，她是无从知道的。她以为是，当然便是了。于是这一张照片，成了她们"大家庭"中的无价之宝似的，引起了另外一些少女极大的嫉妒。其中最嫉妒的是达丽。她想，她一定要从他那儿得到一件比一张照片更宝贵的东西。其实她究竟要得到什么，连她自己也不十分清楚。这痴情的少女，竟割破自己的手，滴了半小碗血，就蘸着自己的血，给自己的崇拜偶像写了一封血书——三四千字的一封血写情书，每一句，每一个标点，都是用他唱过的歌的歌词串联写成的。然而信寄出后，仿佛泥牛入海，空谷无音……

她的手却渐渐感染了……

"这孩子，她为什么就不对我讲呢？不就是一张歌星的照片吗？十张我也能替她要来呀？为什么要这么傻呢？……"

他哭了。眼泪顺着脸腮往下淌，哭得一塌糊涂……

"破伤风引起败血症的，百分之一还不到，怎么偏偏让我的女儿摊上了呢？……"

我意识到情况严重，去找医生问，医生果然说——她到医院来得太晚了，因为不只血液，心肌也受到了严重的病毒感染……

她的父亲策划了一场又一场大型港台歌星演唱会，使他们一个个席卷巨款乐滋滋喜洋洋地离开内地，为公司累计创收五六百万，也同时制造了一阵又一阵的"追星热"，直接培养了一批又一批大陆少男少女的"追星族"。

她无疑是她父亲培养得最成功的一个……

却也成了最失败的一个……

破伤风危及生命的百分之一还不到的比例，在这一种成功和这一种失败之间那么荒唐地画了一个等号……

我心中涌起极大的悲哀。为达丽这少女，也为她的父亲。我没话可安慰他……

我第三次见到达丽，已是在火葬场了。那是一个人少得不能再少的哀悼仪式。五六个成年男人，哀悼一个十四岁的少女……

她一只手放在胸前，持着某香港歌星的一张照片——是我从一册画报上剪下来的，是我以模仿的笔体在背面签上了那香港歌星的姓名。我原以为，能在她活着的时候，给她一点儿心理安慰——谁知却成了她死后的陪葬品……

五六个成年男人中，除了她父亲，除了我，再就是他公司里的人了……

哀悼仪式还没完，他们就悄悄谈论起策划下一场演唱会的事儿来……

我听一个人很有把握地说——获利一百多万似乎不成问题……

小垃圾女

　　我第一次见到她，是在元月下旬的一个日子，刮着五六级的风。家居对面，元大都遗址上的高树矮树，皆低俯着它们光秃秃的树冠，表示对冬季之厉色的臣服。偏偏十点左右，商场来电话，通知我安装抽油烟机的师傅往我家出发了……

　　前一天我就将旧的抽油烟机卸下来丢弃在楼口外了。它已为我家厨房服役十余年，油污得不成样子。我早就对它腻歪透了。一除去它，上下左右的油污彻底暴露，我得赶在安装师傅到来之前刮擦干净。洗涤灵去污粉之类难起作用，我想到了用湿抹布滚粘了沙子去污的办法。我在外边寻找到些沙子用小盆往回端时，见个十一二岁的女孩儿，站在铁栅栏旁。我丢弃的那台脏兮兮的抽油烟机，已被她弄到那儿。并且，一半已从栅栏底下弄到栅栏外；另一半，被突出的部分卡住。

　　女孩儿正使劲跺踏着。她穿得很单薄，衣服裤子旧而且小。脚上是一双夏天穿的扣襻布鞋，破袜子露脚面。两条齐肩小辫，用不同颜色的头绳扎着。她一看见我，立刻停止跺踏，双手攥一根栅栏，双脚蹬在栅栏的横条上，悠荡着身子，仿佛在那儿玩的样子。那儿少了一根铁栅，传达室的朱师傅用粗铁丝拦了几道。对于那女孩儿来说，钻进钻出仍是很容易的。分明，只要我使她感到害怕，她便会一下子钻出去逃之夭夭。而我为了不使她感到害怕，主动说："孩子，你是没法弄走它的呀！"——倘她由于害怕我仓皇钻出时刮破了衣服，甚或刮伤了哪儿，我内心里肯定会觉得不安的。

她却说："是一个叔叔给我的。"又开始用她的一只小脚跺踏。

果而有什么"叔叔"给她的话，那么只能是我。我当然没有。

我说："是吗？"

她说："真的。"

我说："你可小心……"

我的话还没说完，她已弯下腰去，一手捂着脚腕了。

破裂了的塑料是很锋利的。

我说："唉，扎着了吧？你倒是要这么脏兮兮的东西干什么呢？"

她说："卖钱。"其声细小。说罢抬头望我，泪汪汪的。显然疼的。接着低头看自己捂过脚腕的小手，手掌心上染血了。

我端着半盆沙子，一时因我的明知故问和她小手上的血而呆在那儿。

她又说："我是穷人的女儿。"其声更细小了。

她的话使我那么始料不及，我张张嘴，竟不知再说什么好。而商场派来的师傅到了，我只有引领他们回家。他们安装时，我翻出一片创可贴，去给那女孩儿，却见她蹲在那儿哭，脏兮兮的抽油烟机不见了。

我问哪儿去了？

她说被两个蹬手板车收破烂儿的大男人抢去了，说他们中一个跳过栅栏，一接一递，没费什么事儿就成他们的了……

我问能卖多少钱。

她说十元都不止呢，哭得更伤心了。

我替她用创可贴护上了脚腕的伤口，又问："谁教你对人说你是穷人的女儿？"

她说："没人教，我本来就是。"

我不相信没人教她，但也不再问什么。我将她带到家门口，给了她几件不久前清理的旧衣物。

她说："穷人的女儿谢谢您了叔叔。"

我又始料不及，觉得脸上发烧。我兜里有些零钱，本打算掏出全给了她的，但一只手虽已插入兜里，却没往外掏。那女孩儿的眼，希冀地盯着我那只手和那衣兜。

我说："不用谢，去吧。"

她单肩背起小布包下楼时，我又说："过几天再来，我还有些书刊给你。"

听着她的脚步声消失在外边我才抽出手，不知不觉中竟出了一手的汗。我当时真不明白我是怎么了……

事实上我早已察觉到了那女孩儿对我的生活空间的"入侵"。那是一种诡秘的行径，但仅仅诡秘而已，绝不具有任何冒犯的意味，更不具有什么危险的性质。无非是些打算送给朱师傅去卖，暂且放在门外过道的旧物，每每再一出门就不翼而飞了。左邻右舍都曾说撞见过一个小小年纪的"女贼"在偷东西。我想，便是那"穷人的女儿"无疑了……

四五天后的一个早晨我去散步，刚出楼口又一眼看见了她。仍在第一次见到她的地方，她仍然悠荡着身子在玩儿似的。她也同时看见了我，语调亲昵地叫了声叔叔。而我，若未见她，已将她这一个穷人的女儿忘了。

我驻足问："你怎么又来了？"

她说："我在等您，叔叔。"语调中掺入了怯怯的，自感卑贱似的成分。

我说："等我？等我干什么？"

她说："您不是答应再给我些您家不要的东西吗？"

我这才想起对她的许诺，搪塞地说："挺多呢，你也拎不动啊！"

"喏。"她朝一旁翘了翘下巴，一个小车就在她脚旁。说那是"车"，很牵强，只不过是一块带轮子的车底板。显然也是别人家扔的，被她捡了。

我问她，脚好了吗？

她说还贴着创可贴呢，但已经不怎么疼了。之后，一双大眼瞪着我又强调地说："我都等了您几个早晨了。"

我说："女孩儿，你得知道，我家要处理的东西，一向都是给传达室朱师傅的。已经给了几年了。"我的言下之意是，不能由于你改变了啊！

她那双大眼睛微微一眯，凝视我片刻说："他家里有个十八九岁的残疾女儿，你喜欢她是不是？"我不禁笑着点了一下头。

"那，一次给她家，一次给我，行不？"她专执一念地对我进行说服。

我又笑了。我说："前几天刚给过你一次，再有不是该给她家了吗？"她眨眨眼说："那，你已经给她家几年了。也多轮我几次吧！"

我又想笑，却怎么也笑不起来了。心里一时很觉酸楚，替眼前花蕾之龄的女孩儿，也替她那张能说会道的小嘴儿。

我终不忍令她太过失望，便二次使她满足……

我第三次见到那女孩儿，日子已快临近春节了。

我开口便道："这次可没什么东西打发你了。"

女孩儿说："我不是来要东西的。"她说从我给她的旧书刊中发现了一个信封，怕我找不到着急，所以接连两三天带在身上，要当面交我。那信封封着口，无字。我撕开一看，是稿费单及税单而已。

她问："很重要吧？"

我说："是的，很重要，谢谢你。"

她笑了："咱俩之间还谢什么。"

她那窃喜的模样，如同受到了庄严的表彰。而我却看出了破绽——封口处，留下了两个小小的脏手印儿。夹在书刊里寄给我的单据，从来是不封信封口的。

好一个狡黠的"穷人的女儿"啊！

她对我动的小心眼令我心疼她。"看。"她将一只脚伸过栅栏，我发现她脚上已穿着双新的棉鞋了，摊儿上卖的那一种。并且，她一偏她的头，故意让我瞧见她的两条小辫已扎着红绫了。

我说："你今天真漂亮。"

她悠荡着身子说："我妈妈决定，今年春节我们不回老家了。"

"爸爸是干什么的？"

她略一愣，遂低下了头。

我正后悔自己不该问，她抬起头说："叔叔，初一早晨我会给您拜年。"

我说不必。

她说一定。

我说我也许会睡懒觉。

她说那她就等，说您不会初一整天不出家门的呀，说她连拜年的话都想好了："叔叔，马年吉祥，恭喜发财！

"叔叔，我一定来给你拜年！"

说完，猛转身一蹦一跳地跑了。两条小辫上扎的红绫，像两只蝴蝶在她左右肩翻飞……

初一我起得很早。倒并不是因为和那"穷人的女儿"有个比较郑重的约会，而是由于三十儿夜晚看一本书看得失眠了，我是个越失眠反而越早起的人。却也不能说与那个比较郑重的约会毫无关系。其实我挺希望初一一大早走出家门，一眼看见一个一身簇新，手儿脸儿洗得干干净净，两条齐肩小辫扎得精精神神的小姑娘快活地大声给我拜年："叔叔，马年吉祥，恭喜发财！"尽管我不相信那真能给我带来什么财运……

一上午，我多次伫立窗口朝下望，却始终不见那"穷人的女儿"的小身影。

下午也是。

到今天为止，我再没见过她。

却时而想到她。每一想到，便不由得在内心默默祈祷：小姑娘，马年吉祥，恭喜发财！……

母亲们，今天请休息

自幼熟稔了那些劳动阶层的母亲。无论年轻的她们，或中年的她们，或已是祖母外祖母的她们，从她们做了劳动者之妻那一天起，她们的人生就注定了是克勤克俭、千操百碌的。

她们何曾有过什么节日呢？

在中国，在从前的时代，尤其是没有的。

我见惯了她们在北方寒冷的冬季，抱着用小被包裹得厚厚实实的孩子挤公共汽车的身影；见惯了她们连同她们的孩子滑倒在冰上的情形。那时她们眼中泪光盈盈，因心疼她们的孩子。在"文革"中，在"大串联"时期，在开到南方的列车车厢里，我目睹背着孩子的母亲，手拎着装了水果和几个煮鸡蛋的篮子，蜂拥围向各个窗口，为的是卖几个钱买火柴买盐。她们的孩子头枕着她们的肩酣睡，口水湿了她们的衣裳。二十世纪八十年代初期，某省的一个国家级煤矿深夜发生严重塌方。那是一个雨夜，矿笛凄厉。我放下笔从招待所跑向矿井，见已聚集了众多的女人。她们是矿工的妻子。她们中有人也是筛煤的女工，从她们劳动的夜班现场跑至。她们的脸和她们井下的丈夫们的脸一样黑。她们肃立雨中，无人哭号，似乎那是她们早有心理准备的事，雨水混着泪水从她们脸上往下淌……

二十世纪九十年代初期，我在西北一户农民家里做客。七十多岁的大娘刚吃过午饭，就要挑起粪筐往地里送肥。

我说："大娘，睡会儿午觉吧。"

她说："不睡，没那么娇气的习惯。"

我说："今天您一定要睡午觉，今天是您的节日。"

那一天是三月八日。我告诉她那一天是国际劳动妇女节。

她问："谁给咱们劳动妇女定了一个节日呢？"

我说："克拉拉·蔡特金。一位外国女人。"

她说："从没听过。"

又说："这女人真善良，体恤咱们劳动妇女。"

在我的劝说下，她答应休息，为的是不辜负一位别国女人的体恤。

一切民间的传统节日，之前和那些天里，其实更是劳动妇女最忙碌的日子——她们做在先，吃在后。为了预备下一些年货；为了丈夫穿上一双新鞋；为了儿女穿上一件新衣；甚至为了墙上的年画和窗上烘托节日气氛的剪纸，她们更要起早，更要熬夜，更要精打细算地花钱……

劳动者丈夫们，劳动妇女的儿子们、女儿们、孙儿孙女们、请在三月八日这一天，虔诚地对自己的妻子和母亲说："今天是您的节日，请休息一天吧！"

否则，我们将辜负一百多年以前出生的那位伟大的、叫克拉拉·蔡特金的德国女性的意愿啊！

无论这世界发展到何种程度，劳动妇女总是多数。

一想到她们已一代代地为人类的社会培养出有不俗作为的儿女，我们对她们的敬意怎能不发自内心？

伟大的克拉拉·蔡特金，世界将永远记住你，你所提议建立的节日是平凡而伟大的——因为它体现着我们人性中朴素的诗性和圣性……

关于"孝"——写给九十年代的儿女们

　　有位大二的文科女生，曾在写给我的信中问："你们这一代以及上一代的许多人，为什么一谈起自己的父母就大为动容呢？为什么对于父母的去世往往那么悲痛欲绝呢？这是否和你们这一代人头脑中的'孝'字特别有关呢？难道人不应以平常心对待父母的病老天年吗？过分纠缠于'孝'的情结，是否也意味着与某种封建的伦理纲常撕扯不开呢？难道非要求我们中国人，一代又一代地背负上'孝'的沉重，仿佛尽不周全就是一种罪过似的吗？……"

　　信引起我连日来的思考。

　　依我想来，"孝"这个字，的的确确，可能是中国独有的字，而且，可能也是最古老的字之一。也许，日本有相应的字，韩国有相应的字。倘果有，又依我想来，大约因中国文化与日本文化和韩国文化的渗透有关吧？西文中无"孝"字。"孝"首先是中国，其次是某些亚洲国家的一脉文化现象，但这并不等于强调只有中国人敬爱父母，西方人就不敬爱父母。

毫无疑问，全人类的大多数都是敬爱父母的。

这首先是人性的现象。

其次才是文化的现象。

再次才是伦理的现象。

最后是纳入人类的法律条文。

只不过，当"孝"体现为人性，是人类普遍的亲情现象；体现为文化，是相当"中国特色"的现象；体现为伦理，确乎掺杂了不少封建意识的糟粕；而体现为法律条文，则便是人类对自身人性原则的捍卫了。

在中国，在印度，在希腊，在埃及，人类最早的法案中，皆记载下了对于不赡养父母，甚至虐待父母者的惩处。

西方也不是完全没有"孝"的文化传统。只不过这一文化传统，被纳入了各派宗教的大文化。成为宗教的教义要求着人们，影响着人们，导诲着人们，只不过不用"孝"这个字。

"孝"这个中国汉字，依我想来，大约是从"老"字演化的吧？

"老"这个中国汉字，依我想来，大约是从"者"字演化的吧？

"者"为名词时，那就是一个具体的人了。

一个具体的人，他或她一旦老了，便丧失了自食其力和生活自理的能力了。这时的他或她，就特别地需要照料、关怀和爱护了。当然，这种义务，这种从人性的最温馨的本能出发的义务和责任，首先最应由他或她的儿女们来完成。正如父母照料、关怀和爱护儿女一样，也是从人性的最温馨的本能出发的义务和责任。源于人性的自觉，便温馨；认为是拖累，那也就是一种无奈了。

人一旦处于需要照料、关怀和爱护的状况，人就刚强不起来了。再伟大、再杰出、再卓越的人，再一辈子刚强的人，也刚强不起来了。仅此一点而言，一切老人都是一样的。一切人都将面临这一状况。

故中国有"老小孩儿、小小孩儿"一句话。

这不单指老人的心态开始像小孩儿，还道出了老人的日常生活形态。

倘我们带着想象看这个"老"字，多么像一个跪姿的人呢？倘这个似乎在求助的人又进而使我们联想到了自己的老父老母，我们又怎么能不心生出大爱之情呢？

那么这一种超出于一般亲情之上的大爱，依我想来，便是"孝"的人性的根了吧？

不是所有的人步入老年都会陷于人生的窘地。有些人越到老年，无论在社会上还是在家族中，越活得有权威，越活得有尊严，越活得幸福、活得刚强。

但普遍的人类的状况乃是——大多数人到了老年，尤其到了不能自食其力，丧失生活自理能力的人生阶段，其生活的精神和物质的起码关怀，是要依赖于他人首先是依赖于儿女给予的。否则，将连老年的自尊都会一并丧失。

寻常百姓人家的老年人，依我想来，内心对这一点肯定是相当敏感的。儿女们的一句话、一个眼神、一个举动，如果竟然包含有嫌弃的成分，那么对他们和她们的伤害是非常巨大的。

老人对这一点真是又敏感又自卑又害怕啊。

所以中国语言中有"反哺之情"一词。

无此情之人，真的连禽兽也不如啊！

由"者"字而"老"字而"孝"字——我们似乎能看出中国人创造文字的一种人性的和伦理的思维逻辑——一个人老了，他或她就特别需要关怀和爱护了，没有人给予关怀和爱护，就几乎只能以跪姿活着了。那么谁该给予呢？当然首先是儿子。儿子将跪姿的"老"字撑立起来了，通过"孝"。

在中国的民间，有许许多多代代相传的关于"孝"的故事。在中国的文化中，也有许许多多颂扬"孝"的诗词、歌赋、戏剧、文学作品。

我认为——这是人类人性的记录的一部分。何以这一部分记录，在世界文化中显得特别突出呢？

乃因中国是一个人口众多的国家，是一个农业大国，是一个文化历史悠久的国家。

人口众多，老年现象就普遍，就格外需要有伦理的或曰"纲常"的原则维护老年人的"权益"。农业大国两代同堂、三代同堂甚至四世同堂的现象就普遍，哪怕从农村迁移为城里人了，大家族相聚而居的农业传统往往保留、延续，所以"孝"与不"孝"，便历来成为中国从农村到城市的相当主要的民间时事之内容。而文化——无论民间的文化还是文人的文化，便都会关注这一现象，反映这一现象。

"孝"一旦也是文化现象了，它就难免每每被"炒作"了，被夸张了，被异化了，便渐失原本源于人性的朴素了。甚至，难免被帝王们的统治文化所利用。因而，人性的温馨就与文化"化"了的糟粕掺杂并存了。

比如"君臣""父子"关系由"纲常"确立的尊卑从属之伦理原则。

比如《二十四孝》。

它是全世界唯中国才有的关于"孝"的"典范"事例的大全。相必它其中也不全是糟粕吧？我没见过，不敢妄言。

但小时候母亲给我讲过《二十四孝》中"王祥卧鱼"的故事——说有一个孩子叫王祥，家贫，母亲病了，想喝鱼汤。时值寒冬，河冰坚厚。王祥就脱得一丝不挂，卧于河冰之上……

干什么呢？

企图用自己的体温将河冰融化，进而捞条鱼为母亲炖汤。

我就问：为什么不用斧砍个冰洞呢？

母亲说他家太穷，没斧子。

我又问：那用石头砸，也比靠体温去融化更是办法呀！

母亲答不上来，只好说你明白这王祥有多么孝就是了！

而我们百思不得其解——倘河冰薄，怎么样都可以弄个洞；而坚厚，不待王祥融化了河冰，自己岂不早就冻僵了，冻死了吗？……

"孝"的文化，摈除其糟粕，其实或可折射出一部中国劳苦大众的"父母史"。

姑且撇开一切产生于民间的关于"孝"的故事不论，举凡从古至今的卓越人物，文化人物，他们悼念和怀想自己父母的诗歌、散文，便已洋洋大观，举不胜举了。

从一部书中读到老舍先生《我的母亲》，最后一段话，令我泪如泉涌——"生命是母亲给我的。我之能长大成人，是母亲血汗灌养的。我之所以能成为一个不十分坏的人，是母亲感化的。我的性格，习惯，是母亲传给的。她一世未曾享过一天福，临死还吃的是粗粮。唉，还说什么呢？心痛！心痛！"

季羡林先生在《我的母亲》一文中写道——"我这永久的悔就是：不该离开故乡，离开母亲。"

我相信季先生这一位文化老人此一行文字的虔诚。个中况味，除了季先生本人，谁又能深解呢？

季先生的家是"鲁西北一个极端贫困的村庄"。他的家更是"贫中之贫，真可以说是贫无立锥之地"。

离家八年，成为清华学子的他，突然接到母亲去世的噩耗，赶回家乡——"看到母亲的棺材，伏在土炕上，一直哭到天明。"

季先生在文章的最后写道——"古人说：'树欲静而风不止，子欲养而亲不待。'这话正应到我身上。我不忍想象母亲临终时思念爱子的情况：一想到，我就会心肝俱裂，眼泪盈眶……我真想一头撞死在棺材上，随母亲于地下。我后悔，我真后悔，我千不该万不该离开了母亲……"

年近八十（季先生的文章写于一九九四年）学贯中西的老学者，写自己半个世纪前逝世的母亲，竟如此的行行悲，字字泪，让我们晚辈之人也只有"心痛！心痛！"了……

萧乾先生写母亲的文章的最后一段是这样的——"就在我领到第一个月工资那一天，妈妈含着我用自己劳动挣来的钱买的一点儿果汁，就与世长辞了。我哭天喊地，她想睁开眼皮再看我一眼，但她连那点儿力气也没有了。"

我想，摘录至此，实际上也就回答了那位二十世纪九十年代的女大学生的困惑和诘问。我想，她大约是在较为幸福甚至相当幸福的生活环境中长大的。她所感受到的人生的最初的压力，目前而言恐怕仅只是高考前的学业压力。她眼中的父母，大约也是人生较为顺达甚至相当顺达的父母吧？她的父母对她最大的操心，恐怕就是她的健康与否和她能否考上大学、考上什么样的大学吧？当然，既为父母，这操心还会延续下去，比如操心她大学毕业后的择业，是否出国？嫁什么人？洋人还是国人？等等。

不论时代发展多么快，变化多么巨大，有一样事是人类永远不太会变的——那就是普天下古今中外为父母者对儿女的爱心。操心即爱心的体现。哪怕被儿女认为琐细，讨嫌，依然是爱心的体现——虽然我从来也不主张父母们如此。

但是从前的许多父母的人生是悲苦的。这悲苦清晰地印在从前的中国贫穷落后的底片上。

但是从前的儿女从这底片上眼睁睁地看到了父母人生的大悲大苦。从前的儿女谁个没有靠了自己的人生努力而使父母过上几天幸福日子的愿望呢？

但是那压在父母身上的贫穷与悲苦，非从前的儿女们所能推得开的。

所以才有老舍先生因自己的母亲"一世未曾享过一天福，临死还吃的是粗粮"之永远的内疚……

所以才有季羡林先生"不该离开故乡，不该离开母亲"之永远的悔；以及"真想一头撞死在母亲的棺木上，随母亲于地下"之大哭大恸；以及后来"一想到，就会心肝俱裂，眼泪盈眶"的哀思……

所以才有萧乾先生领到第一个月工资那一天，"妈妈含着用我自己劳动挣来的钱买的一点儿果汁，就与世长辞了"的辛酸一幕……

所以"子欲养而亲不待"这一句中国话，往往令中国的许多儿女们"此恨绵绵无绝期"。

中国的"孝"的文化，何尝不是中国的穷的历史的一类注脚呢？

中国历代许许多多，尤其近当代许许多多优秀的知识分子、文化人，是从贫穷中脱胎出来的。他们谁不曾站在"孝"与知识追求的十字路口踟蹰不前过呢？

是他们的在贫穷中愁苦无助的父母从背后推他们踏上了知识追求的路。

他们的父母其实并不用"父母在，不远游"的"纲常"羁绊他们，也不要他们那么多的"孝"，唯愿他们是于国于民有作为的人。

否则，我们中国的近当代文化中，也就没了季先生和老舍先生们了。

中国的许多穷父母，为中国拉扯了几代知识者文化者精英。

这一点，乃是中国文化史以及历史的一大特色。

岂是一个"孝"字所能了结的？！

老舍先生《我的母亲》一文最后四个字——"心痛！心痛！"道出了他们千种的内疚，万般的悲怆。使读了的后人，除默默愀然，真的"还能再说什么呢？"

放眼今天之中国——贫穷依然在乡村在城市四处咄咄逼人地存在着。

今天仍有许许多多在贫穷中坚忍地自撑自熬的父母，从背后无怨无悔地推他们一步三回头的儿女踏上求学成材之路。

据统计，全国约有百万贫困大学生。他们中不少人，将成为我们民族未来的栋梁。

老舍先生的"心痛"，季羡林先生"永久的悔"，萧乾先生欲说还休的伤感记忆，我想，恐怕今天和以后，也还是有许多儿女要体验的。

《生活时报》曾发表过一篇女博士悼念父亲的文章。那是经我推荐的——她的父亲病危了而嘱咐千万不要告诉她，因为她正在千里外的北京准备博士答辩——待她赶回家，老父已逝……

朱德《母亲的回忆》的最后一段话是——"使和母亲同样生活着（当然是贫苦的生活）的人能够过一个快乐的生活，这就是我所能做的和我一定做的。"

只有使中国富强起来，才能达此大目标。

只有使中国富强起来，中国历代儿女们的孝心，才不至于泡在那么长久的悲怆和那么哀痛的眼泪里。

只有使中国富强起来，亲情才有大的前提，是温馨的天伦之乐；儿女们才能更理性地面对父母的生老病死；"孝"字才不那般沉重，才会是拿得起也放得下之事啊！

而我这个所谓文人，是为那大目标做不了一丝一毫的贡献的。

能做的国人，为了我们中国人以后的父母，努力呀！……

关于母爱

关于母爱，已经有了很多赞美——如诗、如画、如雕塑、如戏剧小说，甚至，还须加上新闻媒体的报道。而它告诉我们的，乃真人真事。进言之，乃人类最真实的那类母爱。

母爱是母亲的本能，这一点已经是人类公认的了。

这本能之无私，往往是惊心动魄的。

几年前我曾读到过一篇国外的报道——在地震中，一位母亲和她三岁的女儿同被压在房舍的废墟之下，历时七天七夜。怀抱着女儿，母亲心想——我死不足惜，但是女儿当活下去！

由这一意念的支配，母亲咬破了自己手腕，吮自己的血，时时哺于女儿口中。

七天七夜后，营救者们挖掘出这对母女时，女儿仍面有血色，而母亲却肤白如纸，奄奄待毙。

但她微笑了。

她说："我的女儿有救了。"这是她人生的最后一句话。

她说完这句话，就死了。

几年前的几年前，我曾读到过一篇小说，篇名似乎是《面包》，短篇，仅二千余字。内容是——战争加荒年，哀鸿遍野，民不聊生；寂野，老树，昏鸦——瘫坐树下的中年母亲怀抱着幼小的儿子，饥饿已经使母子都没有了动一动的力气。走来了一名兵。兵的饥饿感也很强烈。但不是对面包，而是对女人。兵的背包中还有一个面包。于是他提议用半个面包和那母亲做一次性的"交易"。她其实并没有什么明确的反应。因为她已经快饿毙了。兵从她的眼神儿中觉得她似乎同意了。结果是兵的"饥饿感"一时解决了，而那母亲获得到了半个面包。面包一到手，她就狼吞虎咽起来。她早已饿得失去了理性呀！突然，她瞥见了被置于一旁的幼小的儿子——儿子正目瞪瞪地望着母亲，刹那间她的理性恢复了，但最后一小块儿面包也同时被她吃掉了。她当时同意"交易"时，其实是为儿子——她疯了……

这是一篇谴战小说，短而冲击人心。

其冲击力恰在于它悖逆母性、悖逆母爱的反人性逻辑的结局设定。

母性和母爱被钉在羞耻的板上，一位母亲几乎也就只有疯。

那是我读过的最难忘的短篇小说之一。"子欲养而亲不待"——此类"长恨歌"，往往会使儿女们痛不欲生，但一般也就是"不欲生"。

但父母，尤其是母亲，若认为自己在生死线上或能救儿女之命而居然丧失了机会，那她的心灵所受的自责的拷打，是十倍百倍地超过于儿女因"亲不待"而感到的悲伤的。

我们何必举太多的例子证明母性和母爱的这一种特征呢？

这根本是无须证明的。

是连在动物界也体现得昭然的。许多种母兽、母禽，在眼见其幼雏幼子陷于生死险境之际，每每不惜以身为饵，以死相救。不管面对的是凶残的狮、虎、豹，还是猎人的枪……

我们接下来主要谈的，却是母性和母爱的另一特征——那就是，在我们这个地球上，只有母亲，而且只有人类的母亲，她的爱心往往向她最不幸，最无生存竞争能力，包括先天或后天残疾了的儿女倾斜。

大抵如此。

男人总希望娶漂亮的女人为妻。

女人总希望嫁或有社会地位、或有钱财、或有权力、或英俊潇洒风流倜傥的男人。

无论男人或女人，大多数都愿交"有用"的朋友。

所以古人有言——"大丈夫处世，当交四海英雄。"

所以文人有言——"谈笑有鸿儒，往来无白丁。"

引以为荣，引以为傲。

所以"公门暇日少，穷巷故人稀"。

所以"人生当贵显，每淡布衣交。谁肯居台阁，犹能念草茅"

遂成人间感慨。

　　但母亲，却最怜爱她那个最"没用"的儿女。儿女或呆傻，或疯癫，或残疾，或瘫痪，或奇丑无比，或面目非人，人间许许多多的母亲，都是不嫌弃的。倘那是她唯一的儿女，那么她总在想的事几乎注定了是——"我死后我这可怜的儿子（或女儿）怎么办？谁还能如我一样地照料他，关爱他？"倘那非她唯一的儿女，她另外还有几个有出息的儿女，不管他们表示将多么的孝敬她，不管他们将为她安排下多么无忧无虑的幸福生活，她的心她的爱，仍会牢牢地拴在她那个最"没用"的儿女身上。她会为了那一个儿女，回绝另外的儿女的孝敬，向期待着她去过的幸福生活背转了身，甘愿继续守护和照料她那个最"没用"可能同时还最丑陋的儿女，直至奉献了她的一生，无怨无悔。

　　真的，人类母亲们身上所体现出的这一种母爱的特征，的的确确是唯有人类的母亲们的人性中才具有的。

　　动物界没有。

　　动物界往往相反——它们的母亲几乎一向"明智"地抛弃生存能力太差的后代。

　　大多数父亲们往往也做不到像母亲们那样。他们的耐心往往没有母亲们持久。他们的爱心往往也没有母亲们那么加倍、那么细致入微。

　　我不敢说我们人类的母亲们身上所体现的这一种母爱特征

是多么的伟大。

因为有些杂种早已开始不停止地攻击我是什么可笑的"道德论者"了。我清楚地知道，他们中有人对我的不停止的攻击是由于他们不停止地拿了一小笔又一小笔的雇佣金。尽管他们并不觉得自己"拿起笔做刀枪"的受雇行径不道德，尽管我非但不惧怕他们反而极端地蔑视他们，但我却不愿又留下空子给他们钻……

我想说——我感动。

真的！

对我们人类母亲们身上所体现的异乎寻常的母爱特征，很久以来，我感动极了！

二十世纪八十年代初发生在美国的一件事，想必是许多中国人也都知道的———一对中年夫妇喜得一子，但那孩子刚一出生就被诊断为病孩儿，而且是一种不治之症，一种怪病。身体不能与没消过毒的空气接触，一旦接触就会受感染而死亡。

医生告诉父母："你们的儿子将只能在一个特制的每天必须经过严格消毒的玻璃罩子中生存和长大。你们还打算要他吗？"

父亲犹豫起来，喜事变成了不幸。

医生又说："你们有权拒绝接受他。还没有一条法律要求你们必须接受这样一个儿子。如果你们不接受，我们将人道……"

不待医生说完，母亲哇地大哭了。

她的心难过得快碎了。

她悲泣着说："不，不，不！但他毕竟是我的儿子！但他毕竟已经出生了！我要他活，不惜一切代价要他活……"

母亲的决心感染了父亲，也感动了父亲。

父亲也坚定地说："对，我们不惜一切代价也要他活！他有权活完他应得的一段生命！"

于是那婴儿就活了下来——在特制的玻璃罩里，在医院。

父母每周都到医院去看自己的儿子。他们去时婴儿几乎总在睡着。父母就久久地隔着玻璃罩观望他的睡态。那情形，想来如植物学家观望自己培育在玻璃罩内的一株小芽苗吧？倘值他醒着，并且不是在哭闹——他吮手的模样，他小脚儿的踢蹬，他自得其乐的笑，都会使玻璃罩外的父母内心春花怒放，喜上眉梢。

儿子两岁时回家了，但仍只能活在特制的玻璃罩里。只有在给他喂奶，或换尿片时，或洗澡时，父母才有机会抱他，抚爱他。但那一切半点钟内就须结束。进行前的程序也是相当复杂的——房间，一切用物及父母本人，都必进行严格的消毒……

儿子就这样而三四岁而五六岁而七八岁。父母为他由中产阶级而平民，而卖车押房，而不得不接受社会慈善机构的资助。

但是他们始终无怨无悔。

相反，儿子每长大一岁，父母对儿子的爱心就增加一倍。

他们隔着玻璃罩上特制的谈话孔教会了儿子说话，隔着玻璃罩指导儿子在玻璃罩内"生活自理"，隔着玻璃罩亲吻他……

他们还隔着玻璃罩教会了他识字读书。隔着玻璃罩通过谈话孔放音乐给他听，放电视给他看，向他讲述和描绘这世界上的大事和趣事……

他们也从没忘记在他的生日送他鲜花和礼物……

七八年中玻璃罩已换了三次，一次比一次大，就好比为儿子乔迁了三次……

他们明白他们的儿子每一天都可能死去。但他们从来也不想他们对儿子的爱心、为儿子的一切付出值得不值得……

他们为了全心全意地照料他们的儿子的每一天，没再要第二个孩子……

他们的儿子在十一岁上死去了。

他临死时将握在手里的对讲机凑到嘴边——父母在玻璃罩外听到了他最后的话——"爸爸妈妈，我爱你们，感激你们为我做的一切……"

第二天报上登载了这一消息——全美国许多人为之动容……

我的世界观基本上是唯物的。但我每每也不禁地相信一下上帝，或类似上帝的神明的存在。于此事，我就曾不禁地做如是想——难道是上帝在有意考验我们人类的父母尤其是母亲们，对自己儿女的爱心究竟会深厚到什么程度吗？……

在北影，某一户人家，有一个不幸的女儿。我不详知她患的是什么病。也许是肥胖症？也许是瘫痪？也许是兼症？反正自从我一九七七年到北影以后，常见一位四十多岁的母亲，每于春秋两季，或夏季凉爽的傍晚，用小三轮车载着她的女儿，在院子里，在街上，陪女儿散心……

我还曾与她们母女交谈过。

有次我对那女儿说："少见了，你今天气色真好！"

的确，她看上去刚洗过澡，穿的是一身新衣服，虽然非常胖，但显得很清爽，心情也似乎格外愉悦。

不料她一笑之后说："还气色好呢，都快把我妈拖累垮了。真不想活了……"

她母亲轻轻打了她一下，嗔怪道："这孩子，胡说些什么呢！妈不心疼你谁心疼你呀？妈不爱你谁爱你呀！……"

母亲一边说，一边掏出手绢，为女儿拭去脸上的汗。接着掏出小梳子，梳女儿并不乱的头发——那充满着爱的一举一动，使我心大为肃然。

女儿说："妈，你不是替我梳过头了吗？"

母亲说："再梳梳不是透风凉吗？"

随后有不少北影的人驻足与母女二人聊天，都因那女儿的气色好、心情好而替母亲欣慰……

我最后一次见到她们在四五年前。

据说那女儿已不在了，年仅二十一岁，或大几岁……

二十几年啊！

难道上帝又是在考察母亲对儿女的爱心吗？

我们童影也有一位同事家中不幸有一个呆傻儿。他们对儿子的爱心也常常感动我，并常常引起我替他们心存的一份忧愁……

我表哥的儿子从少年起就几乎失明——表哥的人生也就从三十五六岁起几乎为儿子在活……

我的哥哥从二十四岁起患精神分裂症，至今已三十余年，三十余年差不多是在精神病院度过的……

母亲的心从五十来岁起就被一个最执着的意念所支配——那就是，再穷，也要尽量节省下钱治好哥哥的病。这愿望直至她七十多岁以后才渐变为失望……

据说王铁成是非常爱他的弱智儿子的。这位做父亲的身上所体现的母性与母爱的仁慈，也很令我感动。

我的父亲已于十年前去世了。

不久前母亲也去世了。

我想，我应将哥哥从医院接出来，使他过上正常人的生活。我一直认为他能过正常人的生活。只不过这想法是从前父母和我都办不到的。想一想，一个精神病症根本不算严重的人，一个当年大学里的学生会主席，居然因为从前家里没有他的"一床之地"，就从二十四岁起，不得不将精神病院当成了家，一住就是三十余年……是很残酷的一件事啊！

是的，我一定要让哥哥过上正常人的生活，要让他有属于他自己的房子，要争取每隔一年陪他旅游一次，要经常接他来北京住——我要代替母亲爱他……

我们人类的母亲们身上所体现的母爱的特征，真的乃是世界上最无私无怨的一种爱啊！

这特征乃是世界上从古至今唯一的。

我不敢赞美它伟大，也不愿赞美它伟大。

因为对于父母，一个残疾的不健全的儿女，首先是一件伤心的不幸的事。当然对那样的儿女们也是。

但母爱的异乎寻常的特征，的确使我的心灵常常受到震荡式的感动。

我祈祷人类的医学进一步获得大的突破性发展，能保证母亲们生下的孩子都是健美的。

我祈祷我们的国家早日富强，使一切母亲的不幸的儿女，也都有处处乐园，从而使母爱的特征，不再苦涩忧郁和沉重……

无私无怨无悔之事，虽感动人，却不见得都是美好之事啊！

在喧嚣的世界里，

坚持以匠人心态认认真真打磨每一本书，

坚持为读者提供

有用、有趣、有品位、有价值的阅读。

愿我们在阅读中相知相遇，在阅读中成长蜕变！

好读，只为优质阅读。

致母亲

策划出品：好读文化　　　　　　装帧设计：陈绮清

监　　制：姚常伟　　　　　　　内文制作：书虫图文

产品经理：刘　雷　　　　　　　责任编辑：张　倩

图书在版编目（CIP）数据

致母亲 / 梁晓声著 . — 南京：江苏凤凰文艺出版
社，2022.3（2025.9 重印）
ISBN 978-7-5594-4443-1

Ⅰ.①致… Ⅱ.①梁… Ⅲ.①散文集 – 中国 – 当代
Ⅳ.① I267

中国版本图书馆 CIP 数据核字（2021）第 171941 号

致母亲

梁晓声　著

责任编辑　张　倩
特约编辑　刘　雷
装帧设计　陈绮清
出版发行　江苏凤凰文艺出版社
　　　　　南京市中央路 165 号，邮编：210009
网　　址　http://www.jswenyi.com
印　　刷　三河市中晟雅豪印务有限公司
开　　本　880 毫米 × 1230 毫米　1/32
印　　张　8.625
字　　数　163 千字
版　　次　2022 年 3 月第 1 版
印　　次　2025 年 9 月第 22 次印刷
书　　号　ISBN 978-7-5594-4443-1
定　　价　49.50 元

江苏凤凰文艺版图书凡印刷、装订错误，可向出版社调换，联系电话 025-83280257